A CAIXA DO ABISMO

Título original: *Claimed*
copyright © Editora Lafonte Ltda. 2024

Todos os direitos reservados.
Nenhuma parte deste livro pode ser reproduzida por quaisquer meios existentes sem autorização por escrito dos editores.

Direção Editorial Ethel Santaella

REALIZAÇÃO

GrandeUrsa Comunicação

Direção *Denise Gianoglio*
Tradução *Otavio Albano*
Revisão *Ana Elisa Camasmie*
Capa, Projeto Gráfico e Diagramação *Idée Arte e Comunicação*

```
Dados Internacionais de Catalogação na Publicação (CIP)
             (Câmara Brasileira do Livro, SP, Brasil)

  Bennett, Gertrude Barrows, 1884-1948
     A caixa do abismo / Gertrude Barrows Bennett ;
  tradução Otavio Albano. -- São Paulo : Lafonte, 2024.

     Título original: Claimed
     ISBN 978-65-5870-509-3

     1. Ficção científica norte-americana I. Título.

  24-190991                                   CDD-813.0876
```

Índices para catálogo sistemático:

1. Ficção científica : Literatura norte-americana
   813.0876

Eliane de Freitas Leite - Bibliotecária - CRB 8/8415

Editora Lafonte
Av. Profª Ida Kolb, 551, Casa Verde, CEP 02518-000, São Paulo-SP, Brasil – Tel.: (+55) 11 3855-2100
Atendimento ao leitor (+55) 11 3855-2216 / 11 3855-2213 – atendimento@editoralafonte.com.br
Venda de livros avulsos (+55) 11 3855-2216 – vendas@editoralafonte.com.br
Venda de livros no atacado (+55) 11 3855-2275 – atacado@escala.com.br

GERTRUDE BARROWS BENNETT

A CAIXA DO ABISMO

Tradução
Otavio Albano

Brasil, 2024

Lafonte

SUMÁRIO

Prefácio 7

Capítulo I . O SR. LUTZ E O ESTRANHO MARINHEIRO 11

Capítulo II . A VISITA NOTURNA DO DR. VANAMAN 16

Capítulo III . A INVASÃO VERDE 30

Capítulo IV . A MENSAGEM SILENCIOSA 37

Capítulo V . A INSCRIÇÃO DESCENDENTE 46

Capítulo VI . CAVALOS BRANCOS 58

Capítulo VII . CAVALOS BRANCOS (continuação) 67

Capítulo VIII . PSICOMETRIA 73

Capítulo IX . UMA PROPOSTA OUSADA 85

Capítulo X . DE SAÍDA 95

Capítulo XI . O MARUJO JAMES BLAIR 108

Capítulo XII . O PRESENTE DO DEUS-MAR 120

Capítulo XIII . À PROCURA DO HOLANDÊS VOADOR 134

Capítulo XIV . A APARIÇÃO 145

Capítulo XV . RETOMADA! 162

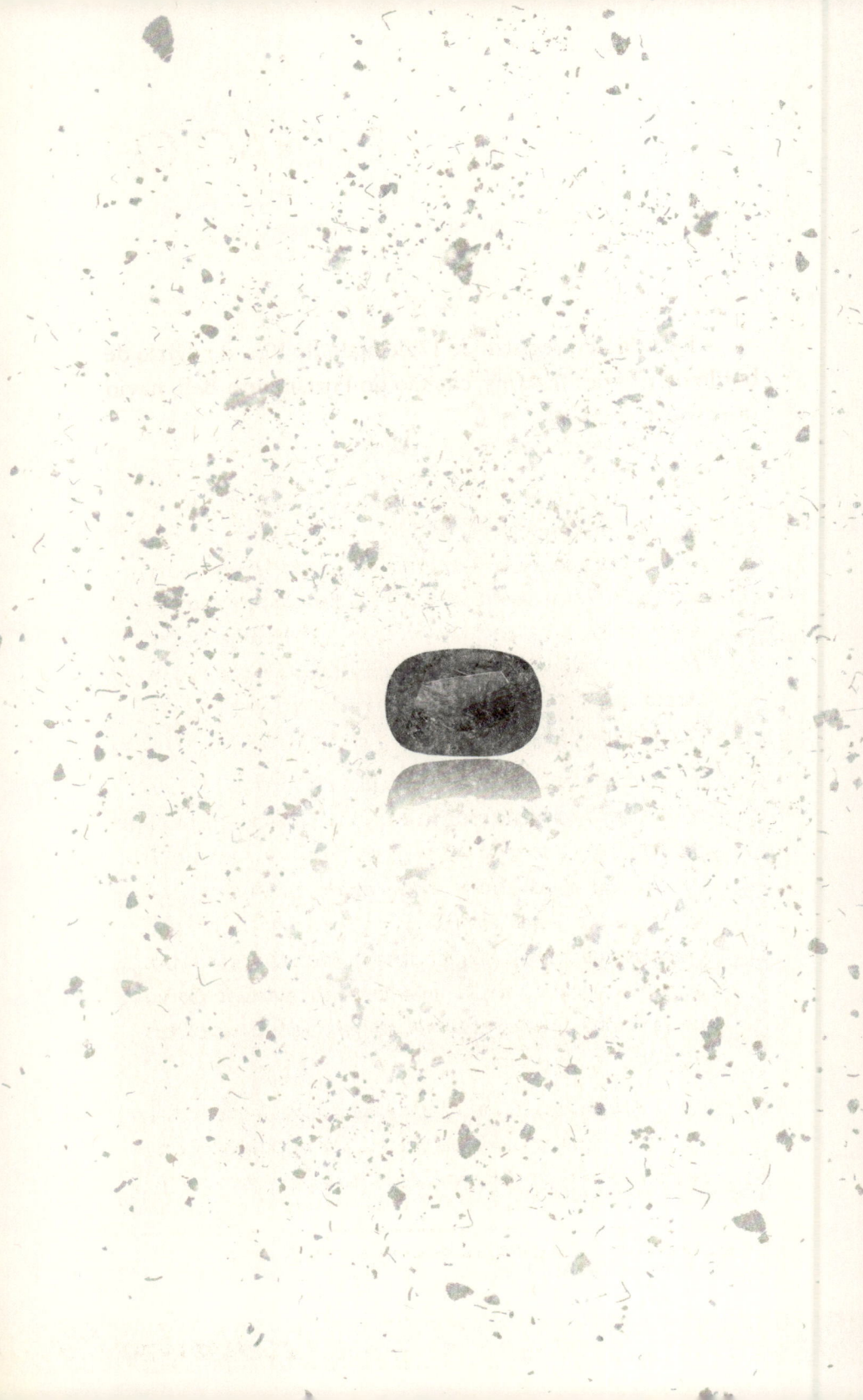

PREFÁCIO

Extraído do registro de 17 de maio de 19... do diário de bordo de Charles Jessamy, capitão do Portsmouth Bell, navio mercante britânico:

> Os sedimentos e as cinzas que flutuam no mar, formando uma cobertura praticamente ininterrupta, de entre 15 e 40 centímetros de espessura, impedem consideravelmente o nosso avanço. Até onde teremos de navegar, antes de sairmos da região afetada, não consigo avaliar. Mesmo com o vento favorável e todas as velas a postos, nossa melhor velocidade desde que encontramos a onda sísmica, no dia 14 de maio, foi de 3 nós.
>
> A bitácula[1] de bombordo ainda discorda em 2 graus e um quarto com a de estibordo, e em um e meio com a da minha cabine. Ou seja, duas das bússolas – ou, mais provavelmente, as três – foram de alguma forma afetadas pelo tremor vulcânico submarino que causou a onda. Nuvens pesadas impedem qualquer observação; de acordo com as minhas estimativas, já deveríamos ter avistado Corvo nesta manhã. O calor é terrível, atingindo 65 C nas partes mais frescas do navio.
>
> Aproximando-me, finalmente, da ilha mencionada no meu último registro, do dia 16, decidi desembarcar, se possível. Pouco depois das seis badaladas da tarde no

---

1 Caixa cilíndrica na qual se guarda a bússola de um navio. (N. do T.)

relógio, então a 40°N, 31°15'O – segundo estimativas cegas –, descemos em um barco e, deixando o Sr. Kersage no comando do navio, com considerável dificuldade seguimos em direção à terra. A ilha revelou ter cerca de 8 quilômetros de circunferência, com um formato oval e irregular. É formada por um tipo de rocha escura, da cor do chocolate e com ranhuras metálicas e avermelhadas – o que descobri ao raspar, em um certo ponto, os sedimentos e as cinzas úmidas que a cobriam profundamente.

Perto do centro, a rocha se erguia em cristas retangulares e com outros formatos que, curiosamente, lembravam ruínas de edifícios antigos. A certa distância, observei que, em vários pontos, a chuva quente que tem caído sem parar tinha lavado a cinza dessas cristas e que a rocha exposta, embora do mesmo vermelho metálico brilhante misturado com uma tonalidade chocolate, tinha uma cor uniforme, diferente da formação listrada perto da costa.

De onde estávamos, a ilusão de ruínas era quase perfeita, e, de fato – quem sabe? – poderíamos estar olhando, hoje, para os últimos vestígios restantes de alguma cidade antiga, desenterrada do abismo que a engolira muito antes do início da breve história da raça humana que conhecemos. Eu gostaria de ter podido investigar as "ruínas" mais de perto, mas achei melhor não fazer nenhuma tentativa. O vapor quente, fétido e provavelmente venenoso ainda continuava a sair de muitas de suas fissuras, e, embora a rocha estivesse suficientemente fria, a ponto de podermos caminhar sobre ela, achei mais seguro limitar nossa exploração a um espaço comparativamente pequeno, perto de nosso lugar de pouso.

James Blair, um dos meus homens, e eu fomos os únicos membros do meu pequeno grupo de reconhecimento a efetivamente pisar onde nenhum homem havia posto os pés em incontáveis eras e onde, muito provavelmente, nenhum outro há de os pôr, já que é bem possível que as terras desse tipo acabem afundando tão abruptamente sob as ondas quanto emergiram acima delas.

Achei muito engraçado quando Blair me pediu permissão para levar consigo uma lembrança da Ilha Belle, o nome com que Kersage e eu a havíamos batizado. Via-se, por toda a sua superfície, muitos blocos irregulares e aglomerados em forma de bolas – chamados de "bombas" – de lava preto-esverdeada. Um dos blocos menores era bem bonito, com um formato retangular bastante uniforme, com a lava verde-escura salpicada de ranhuras brilhantes de um escarlate metálico.

Blair disse que pretendia cortá-lo e escavá-lo até que virasse uma caixa, mas, ao pegá-lo, o bloco estava tão quente que queimou suas mãos. Os homens que permaneceram no barco riram, o que irritou tanto Blair que ele tirou a camisa, embrulhou nela o tal bloco e carregou-o, em triunfo.

Uma lembrança da Ilha Belle! Enquanto escrevo, o lugar ainda é visível, uma grande faixa preta salpicada com o escarlate de suas "ruínas", situada em um imenso e desolado deserto cinza. Eu me pergunto se algum outro navio chegará a avistar aquela terra. Ela pode se erguer ainda mais alto, impulsionada pelas poderosas forças em atividade sob nós. Ou pode demorar apenas uma semana – até mesmo um dia – até que o mar a reivindique novamente para si.

CAPÍTULO I
O SR. LUTZ E O ESTRANHO MARINHEIRO

— Por que eu lhe daria o nome do comprador? Você quer comprar a tal coisa de volta? Acredite em mim, saber o nome desse sujeito não lhe faria nenhum bem.

— Ah, não? Posso adivinhar o motivo! Ora, seu monstro miserável... Seu miserável...

— Agora, chega! Já chega. Ou fala com educação ou sai da minha loja!

O Sr. Jacob Lutz – atarracado, corpulento, de ombros largos e queixo grosseiro – parecia alguém em quem dificilmente se encontraria a tradicional falta de agressividade do povo hebraico. Ao observá-lo melhor, o olhar cinzento e sombrio do outro homem se alterou e desabou.

— Calma lá! — murmurou ele. — Não estou procurando problemas, tampouco lhe trouxe algum.

Com um encolher de ombros, o lojista se virou e começou a sacudir ostensivamente a poeira de uma mesa lotada de bugigangas. Viam-se ali bacias de amuletos grosseiros vindos do Congo e bonecos primitivos de madeira, esculpidos à meia-luz de um casebre de bruxarias nas Ilhas Salomão, uma presa de morsa rachada e amarelada, entalhada rudemente com o intento de representar a imagem que os esquimós fazem de um *tornaq* – o demônio feminino que habita as pedras –, vários budas de bronze verde-escuro, um pequeno santuário portátil bastante danificado e várias outras esquisitices mais ou menos valiosas.

Aquela era a "mesa de pechinchas" do Sr. Lutz, criada para atrair o interesse de eventuais clientes. Seus fregueses "normais", em sua maioria, conheciam-no bem demais para se interessar por aquele lixo.

Movendo-se delicadamente para não derrubar um aparador de armamentos mongóis que aninhava um enorme e enfurecido dragão de bronze na outra extremidade, Lutz contornou a mesa e começou a trabalhar, vindo pelo outro lado.

— Vamos lá, — queixou-se o homem dos sombrios olhos cinzentos — você não vai me dar nenhuma pista?

Lutz jogou o espanador no chão.

— Por que eu lhe daria uma pista? — perguntou ele, impaciente. — Ontem de manhã, você entrou na minha loja e disse: "Recebi este tesouro de um amigo meu, que o roubou de um comissário chinês, que o tinha roubado de um manchu, que o surrupiara de um templo taoísta. Não sei como abri-lo nem o que há em seu interior. Quanto você me dá por ele?". No mesmo instante, eu sabia que alguém estava mentindo. Os caracteres na tampa não são chineses. Poderia até ser uma inscrição em hebraico antigo, mas certamente não é chinês. Ainda assim, por você ser um marinheiro, acredito que tenha conseguido o objeto de forma honesta e lhe faço um bom preço. Em nenhum outro lugar você poderia vender por tanto dinheiro uma peça que não tem história, nem nome, nem nada além de uma aparência bonita e suposições quanto ao que há no interior. Então, eu vendo o objeto rápido, e por mais dinheiro – sim, estou lhe dizendo a verdade –, por mais do que paguei. E por que não? Esse é o meu negócio, e nem sou tão rico por conta dele. Mas o sujeito que comprou seu tesouro não é o tipo de sujeito que gostaria que eu o deixasse ir incomodá-lo. Ele é como todos os meus clientes. Todos são pessoas refinadas e ricas...

— E eu não sou refinado o suficiente nem mesmo para olhá-los de soslaio, é isso? Muito bem, agora ouça aqui. Eu não tenho a mínima vontade de comprar o objeto de volta, entendeu bem? A verdade é que vim lhe fazer uma espécie de favor. Depois que estive aqui, ontem, encontrei o amigo de quem conseguira a relíquia, como tinha lhe contado. E ele me informou de certas coisas que eu não sabia quando a vendi. E pensei que talvez o pobre negociante pudesse ser enganado, como eu fui quando recebi uma ninharia por ela. Vou aparecer por lá e alertá-lo. Talvez ele me dê uns 10 centavos por pura gratidão, já que parece um cafajeste generoso. Então, quando descobri que você já a tinha vendido – e por muito mais do que me ofereceu, aposto! –, perguntei o nome do homem que a comprou só para poder ajudá-lo. E, só por isso, sou tratado como um cachorro, quase escorraçado! Essa sua atitude me frustra muito... de verdade. Até logo!

Desgostoso e emburrado, o visitante afundou o chapéu surrado pelo tempo na cabeça, enfiou as mãos nos bolsos das calças incrivelmente velhas e dirigiu-se para a porta. Imediatamente, o comerciante o chamou.

— Ei, meu caro, espere um minuto. Você me vende uma raridade dessas e me diz não saber nada sobre ela. Depois, volta aqui e afirma saber tudo o que há para saber. Todo esse assunto está me parecendo suspeito demais...

— Com certeza — retrucou o outro — suspeito demais é ter que lidar com você... Eu poderia muito bem ter dito ao seu "cliente refinado" o que está escrito no fundo da relíquia, e em que idioma, e toda a verdade a respeito da inscrição. Mas, agora, nada disso vai acontecer.

Mais uma vez, ele se encaminhou à porta.

Cinco minutos depois, Lutz estava jogando seu cartão de visitas sobre um dos balcões envidraçados cheios de esculturas de jade branco. No verso do cartão, ele rabiscara um endereço.

— Dê isso ao Sr. Robinson — explicou ele — e diga-lhe que foi o Sr. Lutz quem o enviou. Não ficaria admirado se ele o recompensasse muito bem, se você lhe dissesse do que se trata aquela inscrição na tampa...

— No fundo — corrigiu o marinheiro.

O Sr. Lutz estremeceu levemente. Os olhos sombrios e cinzentos do marinheiro estavam fixos nele, e algo em sua expressão – ou, talvez, algum pensamento em sua mente – pareceu causar uma súbita e estranha inquietação no Sr. Lutz.

— Mas, certamente... a inscrição há de ficar na tampa, se você colocar o objeto dessa forma... — insistiu ele.

— Coloque-o como quiser, vai continuar no fundo.

Os olhos sombrios mantiveram-se fixos nele. O Sr. Lutz desviou o próprio olhar rapidamente. Se ele não fosse alguém tão indiferente e claramente insensível, qualquer um teria acreditado que o Sr. Lutz estivesse assustado. Sob o azul-escuro de sua mandíbula barbeada, sua pele parecia estar realmente pálida.

O estranho inclinou-se para aproximar seu rosto magro, moreno e cheio de desdém da fronte do comerciante, do outro lado do balcão.

— Ainda assim, ela vai continuar no fundo, meu camarada! E, me diga mais uma coisa, — sua voz tornara-se um sussurro ríspido — você por acaso chegou a ver os cavalos brancos, com suas gargantas vermelhas escancaradas e o vento e a maré no seu encalço? Conseguiu ver tudo isso?

Diante daquela pergunta aparentemente sem sentido, o Sr. Lutz afastou-se ainda mais dele. No entanto, qualquer alusão a medo em seu rosto deu lugar a uma irritação repentina e feroz. Uma vermelhidão substituiu sua palidez, e uma artéria em seu pescoço taurino começou a latejar visivelmente.

— Você está falando um monte de bobagens! — rosnou ele. — Meu caro, saia já da minha loja. Vá falar sobre seus tolos cavalos brancos com o Sr. Robinson. Talvez ele tenha tempo para ouvi-lo. Eu não tenho!

Contudo, alguns minutos depois de o homem ter saído, o Sr. Lutz largou o espanador e, com um ar estranhamente angustiado, passou os dedos grossos pelos cabelos pretos e eriçados.

— Como é que eu fui deixar um sujeito como esse pôr essas besteiras na minha cabeça! — ele murmurou. — Jacob, está na hora de tirar umas férias! Você está cansado, com o calor de julho e com todo esse trabalho. Cavalos brancos com gargantas vermelhas e… Ora essa, não gosto desse sujeitinho… Fico imaginando…

Ele hesitou por um momento e, então, foi até o telefone nos fundos da loja, tirou o fone do gancho e ligou para um número.

CAPÍTULO II
A VISITA NOTURNA DO DR. VANAMAN

— Não posso afirmar que eu esteja vendo algo de tão notável nele — disse Leila Robinson. — Mas imagino que seja realmente maravilhoso como você está dizendo, tio Jesse.

— Ora, ora! E eu suponho que você não seja capaz de ver nada de estranho nessa cor aqui? Nem no material de que isso é feito – algo que certamente não é metal, nem vidro, nem porcelana, nem qualquer tipo comum de pedra? Nem nessa escrita aqui na tampa, nem… Leila, eu gostaria muito que você se sentasse enquanto estou falando! Você já viu tudo que há para ver nesta sala umas mil vezes, pelo menos. Dá para ficar um pouco quieta?

A jovem andava de um lado para o outro no escritório do tio, fosse inspecionando os quadros, fosse tirando um livro de uma estante para depois recolocá-lo no lugar, ou simplesmente tateando o vidro rachado de um vaso velho, um legítimo Satsuma[2]. Então, com seus olhos acinzentados mais entediados do que de costume, ela voltou sem pressa para a mesa.

---
2 Porcelana japonesa da cidade de mesmo nome, em produção desde o século XVII. (N. do T.)

Sobre ela, havia uma caixa – um estojo alongado, verde-azulado, com cerca de 30 centímetros de comprimento por 15 de largura, finamente polido, mas com um acabamento extremamente simples. Como decoração, via-se uma única linha curta de caracteres, pertencentes a alguma língua estrangeira, que, aparentemente, havia sido gravada na parte superior com alguma ferramenta própria e, depois, preenchida com um esmalte escarlate.

O velho, cuja unha acompanhava lentamente os caracteres – como se, ao fazê-lo, pudesse identificar seu significado – era, à sua maneira, tão perfeito quanto o desenho daquelas letras. Tratava-se de um espécime perfeito, isto é, de um tipo de falcão ou predador do gênero *Homo*. Já era noite, e os feixes de luz de uma lâmpada pendente realçavam seu rosto, em um contraste de luzes e sombras.

A ponta curvada de um nariz aquilino e cruel projetava-se entre sobrancelhas brancas e eriçadas. Se seu rosto pudesse ser virado do avesso, os lábios talvez ficassem visíveis. Normalmente não o eram, já que haviam sido espremidos e sugados para dentro até que a boca se tornasse uma linha reta que se abria com uma abertura oblonga. Olhos azuis metálicos, sem óculos, penetrantes como os de um falcão, demoraram-se com uma avidez curiosamente voraz na caixa e em sua inscrição. Suas unhas eram garras amarelas e calejadas. Seus ombros finos inclinavam-se, parecendo asas arqueadas.

No geral, o Sr. J.J. Robinson teria sido um belo falcão, mas, como um homem velho, não era exatamente bonito.

Sua falta de beleza, porém, não incomodava Leila. Como todas aquelas coisas do seu escritório, ela o tinha visto "umas mil vezes" e, para ela, ele era simplesmente o tio Jesse, seu guardião desde a infância.

— Seria maravilhoso usá-lo como porta-joias — comentou ela, com sua voz sedosa e arrastada.

O velho falcão balançou a cabeça com impaciência.

— Eu não disse para você que não é possível abri-lo? Não há espaço para dobradiças. Nada além de uma minúscula fenda no meio das laterais, simplesmente para mostrar que se trata de uma caixa. Se não fosse por conta dessa inscrição vermelha na tampa, não seria nem sequer possível dizer qual parte fica em cima ou embaixo. Tentei abri-lo nesta tarde, e o maldito canivete escorregou da minha mão e acabou arranhando o objeto... Hmm... Que estranho! Ora, ora, eu poderia jurar... Leila, venha cá, dê uma olhada nesse canto aqui. Está vendo alguma marca ou arranhão?

Ele não lhe passou a caixa para que ela a inspecionasse, nem Leila estendeu a mão para pegá-la. Ela sabia muito bem como ele odiava que alguém além de si mesmo tocasse nos tesouros de sua obsessiva coleção, especialmente quando haviam acabado de ser adquiridos. Ainda assim, enquanto ele lentamente virava a caixa, segurando a ponta em questão sob a lâmpada, ela conseguiu examiná-la como ele tinha pedido.

— Não vejo arranhão nenhum — ela, por fim, anunciou.

— Ora essa! Mas eu poderia jurar que a lâmina do estilete tinha feito um risco de mais de 2 centímetros por onde tinha escorregado. Será que finalmente meus olhos estão falhando? Espere um instante — ordenou.

Ele pousou a caixa na mesa e, levantando-se, dirigiu-se à grande biblioteca para onde se abria seu escritório – pois, embora não fosse de forma nenhuma um leitor voraz, Robinson tinha uma esplêndida variedade de volumes relacionados à sua paixão por coleções. No instante seguinte, ele retornou com uma lupa de leitura.

— Lutz telefonou para dizer que havia me encaminhado o homem que lhe vendera essa caixa — observou, sentando-se novamente. — Um marinheiro — disse Lutz — que prometera vir me contar a verdadeira história desse objeto e o que significa sua inscrição. Ele ainda não chegou, mas...

O velho parou de falar, abruptamente. Estava prestes a virar a caixa para procurar o arranhão que faltava sob a ampliação da lupa. No entanto, ele se conteve, franziu a testa e olhou para a sobrinha, com os metálicos olhos azuis cintilando.

— Por que você mexeu na caixa enquanto eu estava fora da sala, Leila? — perguntou, cheio de raiva.

— Eu nem toquei nela. Por que eu faria isso? — ela parecia levemente surpresa.

— Não sei, oras! Mas certamente mexeu. Eu a tinha deixado virada para cima. Agora, está para baixo. E você vem me dizer que não mexeu nela!

— Mas, de verdade, eu não mexi — Leila falou, lentamente, os olhos entediados brilhando cada vez mais, até demonstrarem irritação. Ultimamente, a agitação do tio Jesse vinha aumentando de tal forma que até mesmo ela – a quem ele sempre demonstrara uma tolerância que não era concedida ao resto do mundo – começava a achar difícil conviver com ele.

As sobrancelhas aquilinas do tio aproximaram-se uma da outra, e, com uma espécie de grunhido mal articulado, ele virou a caixa, fazendo com que a inscrição escarlate ficasse novamente para cima.

— Tudo bem, tudo bem! — ele esbravejou. — Mas, da próxima vez, mantenha-se longe dela, Leila. Estamos entendidos?

Não respondendo à insinuação do tio, ela se virou, languidamente.

— Acho que vou dizer boa-noite, tio.

— Boa noite — respondeu ele, rapidamente.

Leila deixou-o ali, sentado, a lupa de leitura segura por sua garra calejada, olhando carrancudo para a caixa verde como um padre velho e obstinado, furioso por sua relíquia sagrada ter sido contaminada pelo toque de uma mão que não a sua.

Quando o médico John Vanaman foi acordado, pouco depois da meia-noite, por um telefone tilintante ao lado da sua cama, ele despertou sem demora, sentou-se com toda a agilidade e tirou o fone do gancho sem nenhum sinal da relutância característica que os médicos cansados de seu trabalho tendem a sentir ao serem inconvenientemente chamados no meio da noite.

O Dr. Vanaman, na verdade, não estava nem um pouco cansado do trabalho que exercia. Seu telefone de cabeceira era um aparelho bonito, brilhante e novo, tão pouco usado quanto o tapete e a mobília do seu pequeno consultório e da recepção do térreo de sua casa ou a reluzente placa de latão com seu nome na fachada. Ele estava tão interessado e intimamente entusiasmado com aquele telefonema noturno quanto uma jovem que recebe sua primeira proposta de casamento. No entanto, ele conseguiu disfarçar seu entusiasmo, respondendo com uma voz digna e firme – ou melhor, quase severa.

Três minutos depois, porém, sua figura de pijama atirou-se para fora da cama, mais por pressa do que por dignidade, e, quando ele literalmente mergulhou em suas roupas, o leve sorriso em seus lábios poderia ter sido considerado cruel por alguém que tivesse "escutado" a conversa na linha telefônica, sabendo do motivo da chamada.

Mas um médico – e especialmente um médico jovem – é simplesmente humano. O fato de o primeiro paciente depois da abertura de seu consultório em Trentmont ser o homem mais rico da cidade era uma sorte considerada inesperada. O verdadeiro motivo de ele ter sido chamado de forma tão precipitada para atender o velho Jesse J. Robinson – proprietário da grande Fábrica de Motores dos Irmãos Robinson, na cidade de Kennington-on-the-Delaware, e dono de um patrimônio de milhões – não ocorreu ao Dr. Vanaman. Os devaneios de um jovem um tanto quanto impetuoso anunciavam-lhe que, daquela noite em diante, toda a família Robinson passaria a se consultar com ele, por recomendação de... ah, talvez de algum amigo desconhecido que soubesse que ele trabalhara sob a supervisão do Dr. Vincent, o grande especialista do Hospital Belmont, e que gostara do que Vincent lhe dissera a seu respeito.

Enquanto ele dava aos seus rebeldes e eriçados cachos castanho-avermelhados uma meia dúzia de ágeis escovadas disciplinadoras, era um rosto agradável, franco e inerentemente esperançoso que se refletia em seu olhar no espelho. Um rosto inteligente também, com olhos castanhos muito brilhantes e uma boca e um queixo que prometiam uma ação definida e determinada em circunstâncias críticas. A energia, com muito mais de reserva para gastar, expressava-se em cada movimento de seu corpo jovem e ativo.

Depois de mergulhar em suas roupas, o Dr. Vanaman atirou-se escada abaixo e saiu em meio à noite. Ele não tinha carro e lamentava tal fato em meio à sua pressa. No entanto, a residência dos Robinson ficava de frente para um bulevar a apenas dois quarteirões de sua própria rua, um endereço mais humilde. Qualquer um poderia pensar que ele teria preferido chegar a pé em vez de perder tempo tirando o carro da garagem, mas, de qualquer forma, apenas o mordomo poderia saber se ele havia chegado de carro ou a pé.

Alcançado o bulevar, ele entrou na larga alameda que levava à porta da casa. E, para não chegar totalmente sem fôlego, diminuiu o passo.

A mansão dos Robinson ficava nos fundos da propriedade, precedida por um gramado muito bem cuidado entre a fachada frontal e o bulevar. Várias janelas estavam iluminadas, e Vanaman observou com surpresa que uma das grandes vidraças do térreo estava quebrada. Quase todo o painel de vidro fora estilhaçado.

Teria havido um acidente? Uma bomba, talvez? Ao telefone, uma voz feminina apenas o informara que o Sr. Robinson precisava dos cuidados imediatos de um médico, e a tal mulher desligou antes mesmo que ele pudesse fazer qualquer pergunta.

Quase correndo de novo, Vanaman invadiu o imponente pórtico, onde as portas da frente e do vestíbulo estavam escancaradas, como se preparadas para a sua chegada. Antes que ele pudesse tocar a campainha, uma jovem entrou correndo no saguão. Ao vê-lo parado ali, ela pareceu não dar valor à sua identidade e acenou, imperativa.

— Entre aqui, doutor — ela gritou do outro lado do corredor e, imediatamente, desapareceu de novo, através de umas portinholas laterais.

Ele ensaiou tirar o chapéu e, descobrindo que a jovem o havia deixado em casa, seguiu-a. Ele tinha certeza de que fora ela quem telefonara. A doçura peculiar e arrastada de sua voz era inconfundível.

No minuto seguinte, ele se encontrava no escritório particular do Sr. Robinson, onde encontrou o velho, vestido com um roupão bordado chinês bastante sofisticado, estendido em uma espreguiçadeira. Ao entrar, Vanaman notou que era uma das janelas daquele cômodo que havia sido quebrada. A jovem que o recebera – que, afinal, era a Srta. Robinson, sobrinha do velho e encarregada da casa – dispensou os vários criados que rondavam, agitados, e deixou Vanaman à vontade com seu paciente.

Embora mal tivesse tido tempo de olhar para ela, subconscientemente, Vanaman admirara os modos serenos, quase lânguidos e, ainda assim, eficientes da jovem. A experiência com enfermeiras havia lhe mostrado quais tipos de mulher eram confiáveis em caso de emergência e quais não eram.

Um breve exame foi suficiente para que ele soubesse que, apesar da horrível lividez do seu velho rosto de falcão, Robinson estava vivo – embora fosse uma questão completamente diferente saber por quanto tempo ele permaneceria assim. A respiração irregular e uma pulsação frenética e pesada tinham muito a dizer.

— Foi... um derrame? — perguntou a voz da jovem atrás dele.

— Não sei — disse Vanaman, com toda a franqueza. — Ainda não posso dizer. Por favor, tragam bolsas de água quente para os pés e uma outra, de gelo, para a cabeça. A senhorita tem alguma bebida alcoólica em casa? Vou aplicar uma injeção nele.

Ele estava orientando a jovem com as mesmas frases curtas e nítidas que teria usado com uma enfermeira, e ela obedecia com iguais discernimento e dedicação. Logo, o melhor tratamento possível para aquele caso estava sendo administrado, e a própria Srta. Robinson limpou o braço do velho com algodão embebido em álcool, enquanto Vanaman preparava a sua injeção. Ele se recusou a permitir que o paciente fosse movido até que seu coração palpitante se acalmasse um pouco.

— Ele já teve muitos ataques iguais a este? — perguntou Vanaman, enquanto retirava a agulha hipodérmica e desenrolava uma manga ricamente bordada sobre o braço magro.

— Nenhum — disse a Srta. Robinson.

— Não? Eu juraria que... Hmm! O que aconteceu aqui nesta noite?

Concentrado em seu paciente, Vanaman havia se esquecido da vidraça quebrada. Tinha acabado de se lembrar disso e de notar que o canto da sala próximo à tal janela encontrava-se em uma tremenda desordem. Uma cadeira tinha sido derrubada, o tapete estava dobrado como se tivesse sido arado por pés sôfregos, e, sobre ele, havia muitos pedaços de porcelana estilhaçada, restos de um vaso Satsuma de 500 dólares – embora Vanaman não tivesse conhecimento de seu valor.

— Acredito que um ladrão tenha nos visitado — disse a Srta. Robinson. — Por volta das 11 horas, deixei meu tio sentado ao lado daquela mesa. Levei um livro para o meu quarto e sentei-me para ler. Frisby, nosso mordomo, disse que a campainha tocou às 11h30 e, quando ele foi atender a porta, encontrou um homem parado à entrada. De acordo com ele, tratava-se de um sujeito rude e de aparência comum, praticamente um indigente. Entregou-lhe um cartão e pediu-lhe que dissesse ao meu tio que queria falar com ele sobre a caixa verde. Frisby deixou-o do lado de fora e levou o cartão para o meu tio. O cartão está na mesa agora. O senhor pode ver que é de Jacob Lutz, o comerciante de quinquilharias da Rua Forest. Lembro que meu tio havia dito algo sobre estar esperando um homem que o Sr. Lutz tinha lhe recomendado. Frisby afirma que meu tio pareceu hesitar e resmungou algum tipo de reclamação por conta de o homem ter chegado tão tarde da noite. Então, ele disse a Frisby para deixá-lo entrar. Meu tio está acostumado a lidar com homens brutos – apesar de sua idade, ele continua a supervisionar grande parte dos operários da fábrica de motores. Acho que ele nunca teve medo de nada nem de ninguém em sua vida, e Frisby não se surpreendeu ao ser dispensado, com instruções para se recolher. Ele deixou o estranho e meu tio sozinhos aqui mesmo no escritório. Deve ter sido cerca de meia hora depois quando ouvi o tio Jesse gritar e, em seguida, um grande estrondo – que, suponho, deve ter sido a janela sendo quebrada. É claro que desci as escadas imediatamente. E, quando entrei aqui... — ela fez uma pausa, pareceu hesitar estranhamente por um momento e depois concluiu, de forma abrupta: — Não havia ninguém aqui além do meu tio, que estava caído no chão, inconsciente.

— E seu visitante?

— O homem tentou roubar aquilo... Aquela caixa verde em cima da mesa, acho eu. Tio Jesse a segurava nos braços com força quando entrei. Seus gritos e o barulho que os dois faziam enquanto lutavam por ela deve ter assustado o ladrão, levando-o a quebrar a vidraça e escapar. Eu... não sou capaz de dizer nada além disso.

Vanaman olhou para ela com uma concentração quase rude. Estava pensando em duas coisas ao mesmo tempo, como fazem os homens às vezes. Um desses pensamentos era de espanto, por ele ter conseguido trabalhar durante quase uma hora, habilmente auxiliado pela mulher mais linda que já vira e, ainda assim, mal ter tido consciência daquele fato até então.

Ela portava um vestido azul-escuro, com inúmeras dobras abstratas e diáfanas; suas mãos e braços eram perfeitamente modelados, mas delgados e delicados, quase frágeis; seu rosto era belo como uma flor, e seu cabelo, literalmente maravilhoso. Embora as sobrancelhas e os cílios longos e grossos fossem escuros, seus cachos pareciam brancos como a neve. Eram volumosos, macios, sedosos e prateados como os raios da lua, e completavam a fragilidade delicada e requintada de toda a sua aparência.

O segundo pensamento que pairava na mente de Vanaman era que aquela mulher extraordinariamente bela estivera a ponto de lhe contar algo e, logo em seguida, mudara de ideia. A inteligência de um bom médico não é necessariamente diferente daquela de um bom detetive. Ambos nasceram para seguir pistas obscuras, procurar significados ocultos e encontrar um cativante interesse nos intrincados enigmas provocados pela vida de seus semelhantes.

O mesmo instinto que, usado para o diagnóstico, ganhara os elogios de Vincent no hospital dizia agora a Vanaman que – apesar dos modos lânguidos, um tanto quanto exauridos, dos olhos cinzentos e do perfeito autodomínio que lhe permitira relatar a breve história que havia contado sem se esquecer de uma só palavra – a Srta. Robinson estava sofrendo uma tensão nervosa excessivamente alta.

Seria uma ansiedade causada pela condição do tio? Poderia até ser. Ou, talvez... O que será que a Srta. Robinson tinha visto acontecer naquele quarto, algo que ela começara a relatar, tendo decidido então se calar, algo cuja lembrança fazia com que as pupilas daqueles olhos cinzentos se expandissem tão sombriamente?

— Suponho que tenha chamado a polícia.

Ela balançou a cabeça.

— Meu tio não teria gostado que fizéssemos isso, a menos que ele o ordenasse. — Vendo seu olhar involuntário de surpresa, ela acrescentou, com um leve sorriso: — Meu tio é um homem velho, e o senhor sabe que os idosos podem ter suas peculiaridades. Ele é capaz de ficar desgostoso até mesmo por eu tê-lo chamado, Dr. ... Perdão, mas ainda não sei seu nome.

— Sou o Dr. Vanaman — ele respondeu, lentamente. — Mas como a senhorita...

— Pedi à telefonista que me indicasse algum médico das redondezas, mas só recebi seu número de telefone, não o seu nome. Nosso médico regular, Dr. Bruce, foi chamado para fora da cidade para uma cirurgia no início da noite.

Vanaman podia ser jovem, mas de forma nenhuma era tolo. Em sua mente, riu de si mesmo pelo sonho vertiginoso em que se imaginara sendo escolhido como o médico eleito de um paciente milionário. Bruce estava no auge da profissão, ao menos em Tremont. Ele estava apenas substituindo Bruce. Voltou-se, então, para o paciente.

— Seu coração está melhor — aprovou ele, com o dedo no pulso. — Em breve, poderemos levá-lo escada acima e colocá-lo na cama.

— Esta caixa... — a jovem foi até a mesa e indicou, com um gesto, sem tocá-lo, um objeto retangular, polido e verde-azulado que se encontrava ali. — Esta caixa — ela disse novamente. — O senhor percebe alguma coisa de... peculiar nela?

Um tanto quanto admirado, Vanaman aproximou-se da jovem e inspecionou o objeto de perto. Tinha cerca de 30 centímetros de comprimento por 15 de largura e uns 13 de espessura. Não continha fecho nem dobradiças visíveis, e uma linha fina ao redor do exato ponto médio das laterais era o único sinal que faria com que tal objeto fosse identificado como uma caixa, e não um bloco alongado de porcelana colorida ou alguma pedra semipreciosa, tal qual o ônix verde extraído na cidade mexicana de La Redrara. Seu topo consistia em uma superfície altamente polida, sem nenhum tipo de ornamento.

"Mas isto não é ônix", pensou Vanaman. Em vez da variação de cores em faixas regulares típica daquela pedra, aquele material tinha um efeito curioso e desigualmente turvo. E, se alguém olhasse longamente para qualquer parte dele, sua cor azul esverdeada parecia se tornar mais profunda, mais verde e, ao mesmo tempo, mais transparente, fazendo com que a visão penetrasse em seu interior de forma muito, muito profunda. Meu Deus, a profundidade era infindável, descendo, descendo, por quilômetros e quilômetros de verde transparente.

Ao sentir um toque em seu braço, Vanaman estremeceu violentamente. Ele piscou como um homem deslumbrado e depois riu, como se pedisse desculpas.

— A pedra de que é feita essa caixa afeta nossa visão de uma maneira muito peculiar, não?

A Srta. Robinson franzia ligeiramente a testa.

— Talvez. Não cheguei a notar. Não foi isso que eu quis dizer. Eu... O senhor se importaria de virar a caixa de ponta-cabeça, doutor?

Mais intrigado do que nunca, Vanaman obedeceu. Então, ele percebeu que a superfície lisa e polida que afetara tão estranhamente seus olhos devia ser o fundo da caixa e que sua parte superior, sua tampa, estivera até então virada para baixo. E, na superfície, agora sob a luz, havia uma breve inscrição, feita com um esmalte vermelho-sangue.

— O que significam esses caracteres? — perguntou a Srta. Robinson. Nesse instante, a tensão em sua voz era inconfundível.

Ocorreu a Vanaman que aquela sua primeira visita noturna o havia posto em contato com uma situação incompreensível para ele, que tinha alguns vieses muitíssimo estranhos.

— Não sei o que eles significam — disse ele, gentilmente, quase com suavidade na voz. — Vi certa vez uma inscrição em egípcio hierático que se parece um pouco com esta. Mas não sou paleógrafo, Srta. Robinson. Se desejar que a inscrição seja traduzida, sugiro que leve a caixa a algum especialista nessas coisas.

A jovem pareceu estremecer de verdade.

— Eu não quero levar isso para lugar nenhum! — ela disse, apressadamente. — Não quero nem mesmo tocar nisso. Nunca mais!

Antes que Vanaman tivesse tempo de responder ou fazer mais perguntas, um som repentino vindo do saguão fez com que ambos se virassem. O velho Robinson estava se sentando. Por baixo das sobrancelhas nodosas como as de um falcão, seus olhos olhavam ferozmente, e ele alongava na direção deles duas garras amarelas que se abriam e fechavam, como se quisessem segurar algo.

— Deem! — ele resmungou, com a voz rouca. — Deem… rápido!

O médico, que não esperava que seu paciente acordasse por pelo menos mais algumas horas, ficou bastante surpreso. A Srta. Robinson, no entanto, demonstrou uma compreensão do que seu tio queria dizer de forma tão instantânea que lhe pareceu algo quase misterioso. Pegando a caixa que alguns instantes antes ela se mostrara tão relutante em tocar, correu até o tio e colocou-a nas mãos dele. Estas agarraram o objeto com voracidade. E, então, ele caiu para trás, apertando a coisa contra o peito.

— É minha! — ele resmungou. — O que eu quero eu consigo, e… o que eu consigo eu mantenho! Eles não podem tirá-la do velho Jesse Robinson! Ninguém… pode tirá-la de mim! Você… está me ouvindo? — Sua voz foi ficando mais alta, até se tornar uma espécie de grito discordante, rouco e tenebroso com o esforço. — Ninguém vai tirá-la! Ninguém! Nem mesmo… ele!

CAPÍTULO III
A INVASÃO VERDE

Às 2 da madrugada, encontrei o Dr. John Vanaman em um lugar onde ontem mesmo ele jamais esperaria passar metade da noite. Isto é, ele estava acomodado em uma poltrona grande e confortável, no quarto ricamente mobiliado do velho Jesse Robinson, o homem mais rico – e também, segundo certas pessoas, o mais cruel – de Tremont.

Mas, se Robinson era um homem mau, sua maldade não se aplicava às despesas consigo mesmo, tampouco com as de sua casa. A luz suave de um abajur mostrava seu rosto magro, amarelo e adormecido, deitado em uma cama cujo valor teria pagado o aluguel da casa de Vanaman e todas as suas outras despesas durante alguns anos. A elaborada seda rendada das cortinas e o esplendor excêntrico do roupão chinês jogado sobre uma cadeira ao lado da cama eram como tudo o mais naquele quarto: muito bonitos, contrastando de forma quase angustiante com o aspecto de falcão magro e voraz de seu dono.

O Dr. Vanaman suspirou e mexeu-se, inquieto.

Ele não estava completamente satisfeito com sua situação. Havia sugerido que uma enfermeira fosse chamada e, quase imediatamente, começara a entender o motivo para que a Srta. Robinson não quisesse chamar a polícia sem a autorização expressa do tio – e também uma possível razão para aquela exaustão ligeiramente aborrecida, que parecia ser seu comportamento habitual.

Na verdade, o Sr. Robinson era "difícil". Logo depois de recuperar a consciência, ele exigira uma explicação para a presença de Vanaman, mostrara-se surpreendentemente contra a decisão de sua sobrinha de mandar chamar um médico e, então, reverteu abruptamente suas críticas, a ponto de quase literalmente lançar maldições contra Vanaman por ele ter proposto deixá-lo e ir embora para casa.

Uma enfermeira? Nunca! Nenhuma felina bebedora de uísque tomaria conta dele. Sua sobrinha? Não, de jeito nenhum! Leila deveria ir direto para a cama – bastava um pouco de vigília para qualquer mulher se tornar tão feia quanto uma coruja. Ele odiava pessoas feias e não as teria por perto enquanto estivesse doente. Quanto aos criados, eram um bando de gente estúpida e tola, em quem nenhum homem com o cérebro de um rato confiaria.

Ele queria Vanaman ao seu lado pelo resto da noite, e era Vanaman que ele teria. Um médico deveria ter o mínimo de bom senso. Vanaman provavelmente não tinha muito, mas pelo menos era melhor do que os outros. E havia motivos... sim, havia motivos muito bons para ele querer alguém com bom senso ao seu lado pelo resto daquela noite.

Por fim, Vanaman cedeu e ficou na casa, embora não por causa do amável Jesse J. Robinson. Muito pelo contrário, ficara por Leila.

— O senhor vai ficar, não vai? — ela lhe implorara, com sua voz doce e arrastada. — Eu... eu não posso lhe dizer exatamente o porquê, mas estou com medo!

"O homem que consegue resistir a tal coisa", pensou Vanaman, "deve ser menos humano." Sentado ali, com os olhos naquele rosto realmente terrível e velho no travesseiro, ele se lembrou da incrível beleza do rosto de Leila sob a delicada coroa de cachos enluarados e começou a se perguntar como era possível que em suas veias corresse um só vestígio do sangue daquela... daquela coisa que mais se parecia com um falcão? A colcha de seda se mexeu, e ele sabia que o velho estava, mesmo dormindo, se certificando de que sua preciosa caixa estava segura. Como uma criança com um brinquedo precioso, ele insistiu em levá-la para a cama. Qual era o mistério daquela caixa? Haveria algum mistério de verdade?

Robinson recusou-se, decididamente, a contar o que acontecera depois que o mordomo o deixou sozinho em seu escritório com o estranho visitante parecido com um indigente. Questionado com hesitação por Leila, ele se mostrou reservado instantaneamente, de uma maneira estranha, em parte assustada, em parte desafiadora; disse-lhes que o que se passara com o estranho era assunto unicamente dele, e não dos dois; e que, se tivessem consciência do que era melhor para si mesmos, parariam de tentar se intrometer naquele assunto.

Vanaman lembrou-se do peculiar efeito ótico das infinitas profundezas verdes em que sua visão havia mergulhado de forma doentia – até que o toque de Leila em seu braço o chamara de volta. Leila! Que belo nome... Muito, muito lindo...

Deve ter sido algum tempo depois dessa última reflexão que o Dr. Vanaman percebeu que havia dormido. Além disso, ele abriu os olhos com uma consciência desagradável, embora ainda bastante sonolenta, de que nem tudo estava bem no cômodo ao seu redor.

Sem mover a cabeça – ele estava sentado em uma posição tão confortável que odiaria se mover – ele conseguia ver seu paciente muito bem. O sujeito com cara de falcão dormia calmamente. O movimento de sua respiração longa e fácil movia a colcha de forma tranquilizadora. Nada de errado ali, mas... Vanaman se questionava, em meio aos sonhos, se o tempo havia mudado, se estava chovendo lá fora. Não que ele ouvisse qualquer som de chuva, mas o ar na sala ficara úmido, como se estivesse completamente saturado de vapor d'água. Também sentia um odor estranho, frio e fresco que o deixava um pouco confuso. A própria sensação do ar lhe lembrava... algo familiar, mas o quê? Ele estava sonolento demais para pensar com clareza.

Não podia continuar assim. Ele tinha que acordar. De uma forma ou de outra, algo muito errado tinha tomado conta do seu ser. Ele lutava contra a inércia do seu corpo de uma maneira impotente e completamente fútil, própria dos pesadelos.

Sem virar a cabeça – e agora ele tinha consciência, para seu próprio espanto, de que não conseguia virá-la, por mais que tentasse –, ele era capaz de ver não apenas a cama, mas também a porta fechada que dava para o corredor externo. E, de algum lugar além daquela porta, um som invadia gradualmente seu tormento em forma de transe.

A princípio, ele parecera chegar de maneira tênue, como se viesse de muito longe, e se aproximava em estágios rítmicos de avanço e retrocesso. Ou seja, primeiramente, uma espécie de disparada longa e uniforme até ele e, depois, um ruído que diminuía, decaía e recuava, até ficar praticamente inaudível. Mas Vanaman tinha certeza de que, a cada aumento do som, aquilo que estava tentando se aproximar chegava mais perto dele do que no instante anterior.

O som tinha uma qualidade inquieta e sibilante, que parecia, de certa forma, correspondente ao cheiro fresco e úmido do ar, embora a mente entorpecida do médico não conseguisse fazer tal associação nem entender o que cada uma daquelas sensações queria dizer. Ele não estava realmente pensando em nada. Apenas sentia, e qualquer esforço para pensar representava uma agonia mental.

O assobio angustiante daquilo que vinha se aproximando chegara muito perto dele na sua última investida – terrivelmente perto, e Vanaman sentiu medo como nunca havia sentido em toda a vida. Mas não se tratava de um terror normal. Era o horror assustador e paralisante de um sonho. Ele o reconhecia tacitamente como tal e, ao mesmo tempo, era incapaz de dissipá-lo, de despertar completamente.

De longe, o invasor estridente vinha se aproximando... Mais perto... Mais perto... Os olhos de Vanaman estavam em êxtase, fixos na porta, e, no instante seguinte, ele viu a tão temida criatura aparecer. Aquilo que tentava entrar no recinto não precisava abrir a porta, nem mesmo arrombá-la. Entrou por debaixo da porta fechada. Vanaman viu aparecer uma linha branca, espumante, deslizando para a frente, curvando-se até o chão e assobiando à medida que avançava, trazendo atrás de si uma escuridão imutável e apurada. Ela entrou, espalhou-se, avançou até ficar praticamente de pé e recuou novamente.

Agora, ele reconhecia muito bem aquela coisa. Ele a vira inundar com ferocidade as praias tranquilas, onde a areia marrom-acinzentada brilhava úmida e o cheiro límpido e salgado de seu ar enchia os pulmões de vida. Mas o que aquilo estava fazendo ali, longe de seus limites, no... sim, no segundo andar de uma casa? Ele não poderia esquecer aquele fato.

Ele estava sentado em um quarto do segundo andar de uma casa em Tremont, a mais de 80 quilômetros da costa do Atlântico. Era impossível a maré chegar até ali. Tomado por um estado semelhante ao de um pesadelo, ele vinha sofrendo delírios... Ele estava alucinando.

Novamente a linha branca espumante invadiu o cômodo e avançou, espalhando-se de uma parede à outra dessa vez. Ela havia se enrolado em seus pés, que ficaram molhados e frios.

Os minutos passavam, e o fenômeno rítmico e terrivelmente irracional continuava a persistir. Depois das três primeiras inundações, o invasor deixou de recuar completamente por sob a porta e, em pouco tempo, seu ponto mais baixo já ultrapassava os tornozelos do homem sentado, lavando-lhe os joelhos com um influxo verde como esmeralda, misturado à espuma borbulhante.

Além disso, a água parecia real; a umidade e o frio penetravam-lhe até os ossos. Só mais tarde ele lembrou que a maré, em sua fase física comum, tem certos poderes que não estavam presentes naquela estranha imagem à sua semelhança. Nada que aquilo banhava se mexia nem flutuava. As cortinas rendadas da cama pendiam imóveis, sem nem mesmo balançar com a chegada das ondas que passavam por suas bordas inferiores.

Um banquinho de juncos de bambu, ao lado da cadeira de Vanaman, mantinha-se em seu lugar, submergindo e reemergindo calmamente, como se a lei da gravidade, assim como a lei que aprisiona o mar dentro dos seus limites, tivesse sido suspensa durante aquela noite.

E, agora, Vanaman percebia que, junto com a tal maré verde, alguma outra coisa havia entrado na sala. Ele não conseguia vê-la. A evidência de sua presença ainda era puramente intuitiva. Mas o mero conhecimento cego de sua existência tomou conta da alma de Vanaman com um terror que ultrapassava em muito seu medo anterior. Ele se sentia como se estivesse morrendo. Nenhuma agonia assim poderia ser suportada por muito tempo por um simples ser humano.

E aquele rosto de falcão adormecido na cama – que, até agora, repousava sem ser perturbado – parecia finalmente consciente de que um terrível perigo era iminente. Embora seus olhos não tivessem aberto, as sobrancelhas franziam-se em um movimento contorcido, seus maxilares encontravam-se cerrados, e os lábios contraídos se afastaram ligeiramente, expondo os dentes amarelos e irregulares logo atrás.

Em pouco tempo, uma onda de palavras meio articuladas passou pelos lábios tensos. Para Vanaman, ele parecera murmurar algo sobre "cavalos", "cavalos brancos" e "as gargantas ensanguentadas dos cavalos brancos". Mas, talvez por conta do barulho contínuo e agitado da água, ele não conseguia dar um significado coerente às palavras.

Então, com uma brusquidão assustadora, o clímax chegou.

A coisa que se encontrava no quarto, sob a maré – e que empurrara a maré até ali –, agora recomposta, tomou forma diante da água e ergueu-se, de maneira repentina e monstruosa.

Exatamente que forma aquilo tinha Vanaman não seria capaz de lembrar com clareza mais tarde. Ele conseguiria evocar apenas seu próprio medo e sua intuição de que se tratava de algo pertencente a uma força terrível, com um poder de destruição inimaginável, além da nossa finita compreensão.

À medida que subia, a salmoura verde se avolumava e girava em torno da criatura, formando uma massa cônica rodopiante.

O velho na cama sentou-se ereto, e, quando aquele poder terrível pairou sobre ele, sua boca se abriu em uma abertura oblonga. De sua garganta velha e pegajosa emergiu um grito longo, selvagem e borbulhante.

Como uma faca, aquele som agudo cortou e afastou os laços intangíveis que mantinham Vanaman impotente. De um só salto, ele pulou da cadeira e se lançou de forma imprudente entre o paciente e o horror inominável que o ameaçava.

CAPÍTULO IV
A MENSAGEM SILENCIOSA

Quando um homem intenta qualquer ato realmente heroico – quando ele vence o medo indescritível e se lança de corpo e alma naquele momento de ruptura, empenhado apenas em proteger alguém que lhe fora designado para tal, sem calcular os custos –, mesmo que seu heroísmo possa ser subjugado de muitas maneiras, apenas uma forma pode levá-lo completamente à frustração.

Vanaman estava disposto a lutar e ser derrotado. Ele não estava preparado para se postar ao lado de Robinson, na defensiva, e não encontrar nada para combater. No entanto, lá estava ele, em um quarto calmo, silencioso e seco, como qualquer quarto normal deveria ser, e, a não ser por ele e Robinson, absolutamente vazio de qualquer criatura viva.

— Seu... sonhador... tolo! — murmurou ele, inexpressivo, dirigindo-se a si mesmo.

Ele se virou mais uma vez, agora em direção à cama. Ah! Mas eis ali um inimigo verdadeiro a combater – um inimigo tão antigo quanto a vida terrena e contra o qual Vanaman passara anos treinando para lutar.

O velho havia recuado, o rosto sombriamente lívido; havia espuma em seus lábios, e suas mãos amareladas, finalmente soltando a caixa, se debatiam no ar, ao passo que ele se esforçava para respirar. Aquele grito que despertara o médico também acordou Leila, e, no instante seguinte, ela apareceu à porta, vestida com uma camisola jogada sobre o corpo às pressas.

— Outra convulsão — anunciou Vanaman. E, mais uma vez, ambos trabalharam juntos, duas vidas jovens ofertando livremente sua força e suas habilidades para salvar aquela vida decrépita e, possivelmente, bastante imprestável.

No entanto, apesar de tudo, e apesar da sua convicção de que recentemente tivera um sonho particularmente vívido, uma pergunta repetia-se continuamente nas profundezas da mente do médico. O que Leila Robinson tinha visto no escritório quando do primeiro ataque de seu tio, algo a respeito do qual ela não conseguira falar depois?

A caixa verde estava sobre uma mesa ao lado da cama. Brilhava como uma enorme esmeralda turva, oblonga, polida – e sem nenhum ornamento. A inscrição escarlate estava, como sempre, virada para baixo.

— A senhorita vai, é claro, chamar o Dr. Bruce... ainda nesta manhã — disse Vanaman, não como alguém que faz uma sugestão, mas como um homem que declara um fato estabelecido.

Leila tinha tomado o café da manhã no andar de baixo, e o médico acabara de satisfazer seu saudável apetite com o conteúdo de uma bandeja que havia sido trazida para ele no quarto do velho. Quanto ao próprio paciente, ele dormia sem nenhuma interrupção desde o último ataque, respirando de maneira pesada, e inconsciente a tal ponto que desconhecia o fato de suas garras já não estarem segurando sua presa, a caixa verde.

A Srta. Robinson, que se inclinava solicitamente sobre ele, endireitou-se e virou-se para olhar para o jovem médico, com os seus lindos e cansados olhos dilatando-se sombriamente.

— O senhor quer dizer que não pode mais ficar com ele? Que não deseja continuar tratando dele?

Vanaman sorriu. Embora a ética profissional o proibisse de tentar "surrupiar" o paciente de outro médico com base em uma visita como seu substituto, dizer que ele não desejava ficar com o caso teria sido, decididamente, uma mentira. Ele não estava extremamente interessado naquele episódio apenas porque Robinson era um homem muito rico. Havia outras razões, uma delas a sensação – e não uma certeza propriamente dita – de algum mistério muito estranho relacionado ao caso; e outra – a mais importante – a própria Srta. Robinson.

No entanto, como não era um charlatão ladrão de pacientes, mas um cavalheiro honrado, ele explicou sua posição à dama e preparou-se para partir.

— Chame o Dr. Bruce assim que puder — aconselhou ele — e mande vir uma enfermeira profissional imediatamente. Deixei algumas instruções por escrito para ela, caso seu tio tenha outra convulsão, mas duvido muito que isso venha a acontecer, pelo menos por algumas horas. Esta caixa...

Ele parou abruptamente, franzindo a testa na direção da coisa verde translúcida sobre a mesa.

— Sim, e a tal caixa? — ela perguntou, com uma voz muito baixa.

Ele se assustou, e os dois se encararam longamente, com uma expressão quase desafiadora.

Mas, por alguma razão obscura em seu íntimo, Vanaman sentiu-se repentinamente avesso a fazer a pergunta que pairava em seus lábios. Pouco importava o que ela tinha visto no escritório na noite anterior. Tampouco que ele tivesse sonhado, ou que ela estivesse transtornada pela ansiedade por conta da doença do tio. Mais tarde, ele classificou de covardia essa relutância em conversar francamente com ela naquele instante, mas, à época, o impulso à reticência era praticamente irresistível.

— Se ele acordar e pedir a caixa, sem sombra de dúvida eu a entregaria em suas mãos — disse ele de uma forma espontânea, quase anormal. — Mantenha-o o mais calmo possível, em todos os sentidos e, é claro, se o Dr. Bruce ainda se encontrar fora da cidade hoje e a senhorita precisar de mim, terei prazer em retornar a qualquer momento.

— Obrigada. Foi bom o senhor ter ficado com ele tanto tempo.

Em seus modos, no entanto, havia uma pitada de decepção – algo que Vanaman não conseguiu tirar da sua mente pelo resto do dia, por mais que se esforçasse.

Ao anoitecer, seu telefone tocou, e ele atendeu com ainda mais entusiasmo do que na noite anterior. A esperança de que seu ouvido pudesse ser saudado por uma voz feminina, arrastada e inesquecivelmente doce fora inútil. Mas, embora não viesse da parte de Leila Robinson, a ligação revelou-se interessante e surpreendente.

Era o Dr. Bruce quem estava do outro lado da linha e, depois de agradecer formalmente ao médico mais jovem por ter atendido o Sr. Robinson em sua ausência, passou à parte surpreendente daquilo que tinha a dizer. Vanaman encontrara Bruce certa vez, quando ainda era residente no Hospital Belmont, e lembrava-se dele como um homem grande e dominador, com modos quase ofensivamente presunçosos, assertivos em demasia.

Agora, lamentava a antipatia instintiva que sentira por ele. Na verdade, ao desligar o telefone, depois de uns 15 minutos de conversa, ocorreu-lhe que Bruce devia ser a pessoa mais incrivelmente generosa e altruísta em sua profissão. E, ainda assim... perplexo, Vanaman passou os dedos por seus cabelos castanho-avermelhados.

O que dissera Bruce exatamente? Ele aprovara o tratamento de Vanaman, entrou em alguns detalhes técnicos sobre a condição do velho e informou-o de que o paciente estava de novo consciente. Além disso, em sua última visita – ele já tinha ido à casa do velho três vezes –, Robinson expressou o desejo de continuar a usar os serviços do jovem Vanaman, além dos do Dr. Bruce. E, por telefone, Bruce instou muito cordialmente o jovem a "ajudar no caso".

É claro que, se Robinson desejava empregar dois médicos em vez de um, isso não seria nada de extraordinário. Muitos homens ricos faziam isso. O que surpreendeu Vanaman foi a complacência de Bruce ao ser convidado a consultar um homem muito mais jovem e menos experiente do que ele e o fato de que ele parecia estar compartilhando seu caso com uma generosidade alegre – algo não apenas incomum mas completamente contrário à sua opinião acerca da personalidade do colega de profissão que ele conhecera.

No entanto, a fim de inspecionar minuciosamente os dentes daquele cavalo que lhe fora dado de presente tão inesperadamente, ele só precisaria caminhar alguns quarteirões, e Bruce lhe dissera que o velho desejava falar com ele pessoalmente, o mais rápido possível. E, já que não havia nenhuma outra obrigação em sua agenda, Vanaman prontamente colocou o chapéu e partiu.

Encontrou o velho sentado na cama, apoiado em inúmeros travesseiros, com uma de suas garras amarelas acariciando sua inevitável companheira – a caixa verde – e Leila ao seu lado, cuidando dele pacientemente, mesmo com a aparência cansada. Não havia nenhuma enfermeira à vista, e por um excelente motivo. A profissional que Leila ousara contratar naquela manhã fora dispensada pelo tio apenas duas horas depois.

Robinson cumprimentou Vanaman quase cordialmente, mas, assim que o jovem ouviu a proposta que lhe foi feita, quase se levantou e saiu da casa imediatamente. Não era de admirar que Bruce tivesse sido tão complacente, nem que tivesse havido um leve toque de prazer em sua voz quando ele lhe telefonara.

— O senhor não me quer como médico — reclamou o jovem indignado. — Pelo que entendi, está me pedindo para vir aqui morar, dormir perto do senhor à noite e, no geral, cuidar da sua pessoa da mesma maneira que qualquer enfermeiro poderia fazer. E o Dr. Bruce terá total controle do lado profissional do seu caso!

As sobrancelhas de falcão franziram-se, e os olhos de aço se estreitaram.

— Ora essa, e daí? Se estou disposto a pagar um médico para fazer o serviço de um enfermeiro, há motivo para se irritar? Há razões… muito boas razões para eu querer que apenas você e mais ninguém fique perto de mim por um tempo. Quanto ao meu tratamento, esse é um outro assunto. Bruce é meu médico há muitos anos. Estou pensando em continuar sendo cuidado por Bruce, mas quero você para algo diferente. Está vendo esta caixa aqui?

— Claro que sim.

— Muito bem, então! Esta caixa aqui é minha. Entendeu? Eu a quis desde que a vi pela primeira vez na loja de Lutz, em parte por ser um objeto muito bonito, em parte porque Lutz agiu de maneira um tanto quanto estranha em relação a ela. Não parecia saber direito o que era, nem de onde tinha vindo, tampouco se estava certo de querer vendê-la a mim. Imaginei, então, que ele estivesse tentando vender a tal caixa a outra pessoa e, nas negociações com esse sujeito e comigo, intentasse aumentar seu preço. Mas, desde então, descobri que se tratava de algo completamente diferente. Agora, sei muito bem que Lutz queria que eu a tirasse de suas mãos e, ainda assim, sentia-se amedrontado em se livrar dela.

O velho parou de falar por um instante, para rir. Sua risada era sempre bastante assustadora, um mero alargamento da abertura oblonga de sua boca, a revelação de suas presas amareladas e uma silenciosa torção das dobras de seu pescoço flácido.

Agora, porém, sua alegria tinha um aspecto ainda mais medonho, pois havia nela uma espécie de desafio, em parte estarrecido, em parte exultante. Subitamente, sua boca se fechou, e seus lábios se curvaram para dentro.

— Muito bem, então! — ele rosnou. — O que eu quero eu consigo, e o que eu consigo eu mantenho! Entendeu? Esse é o lema do velho Jesse J. Robinson, do início ao fim. Eu queria esta caixa aqui, peguei-a e... — ele olhou ao redor da sala, com uma ousadia estranha e gélida como o aço em seus olhos velhos e aguçados. — Tenho a intenção de manter esta caixa comigo! E, ontem à noite, meu jovem, você me ajudou a fazê-lo! Agora entendeu?

— Não, não entendi — disse Vanaman, e olhou para a Srta. Robinson.

Os olhos dela estavam arregalados e escuros, e, em seu colo, os dedos de suas mãos finas entrelaçavam-se nervosamente. O que será que ela temia tão desesperadamente: que a mente de seu tio estivesse se esvaindo?

— Bom, então, você não precisa entender — anunciou Robinson, impaciente. — Apenas entenda que eu quero alguém em quem possa confiar perto de mim. Posso confiar em Leila, mas não vou deixá-la se desgastar por minha causa, nem que continue olhando feio para mim. E, ontem à noite, percebi que posso confiar em você. E então, você vai ficar ao meu lado ou não? Se as condições que lhe ofereci não forem adequadas, diga logo, de uma vez por todas. Você há de descobrir que o velho Jesse Robinson pode pagar...

— Os termos são bastante justos — interrompeu Vanaman. — A questão não é essa...

Com a recusa na ponta da língua, ele olhou novamente para a Srta. Robinson e vacilou. Sem falar nada, o apelo silencioso e desesperado em seus olhos era inconfundível.

Vanaman não era tolo o bastante para imaginar que a jovem havia sucumbido aos seus atrativos pessoais depois de tão pouco tempo que o conhecia, tampouco que o desejava em sua casa por esse motivo. Não. Ela, por alguma razão, estava atormentada pelo medo, o que era ainda mais lamentável por conta de seu tenso autocontrole, que permitia transparecer apenas um vislumbre momentâneo de seu terror interior.

Sem palavras, ela reivindicava proteção contra... ele não sabia exatamente contra o quê. Mas ele sabia que ela reivindicava aquilo dele, Vanaman, e que ele hesitava por uma questão de orgulho pessoal!

— Se você quiser, pode fazer suas consultas daqui de casa durante o dia, — retomou o velho, a contragosto — mas, à noite...

— Ainda não tenho consultas — disse o médico, e sorriu. Ninguém, ao olhar para seu rosto franco e subitamente alegre, teria imaginado que ele, naquele instante, acabara de decidir oferecer-se em um sacrifício heroico, deixando que todas as suas esperanças de ambição se apagassem por um tempo ao aceitar um serviço que o humilharia aos olhos de todos os outros médicos da cidade que soubessem daquele trato. — Abri meu consultório em Tremont há apenas três dias — explicou ele. — Quando deseja que meus... ah... meus cuidados comecem, Sr. Robinson?

— Nesta noite... agora mesmo. Não posso dizer quando poderei precisar de você.

— Muito bem. E posso garantir-lhe — disse Vanaman, falando bem devagar, como um homem que deseja dar todo peso a cada palavra — que, por qualquer motivo que seja necessária minha presença aqui, pode confiar em que usarei de toda a minha habilidade e força para ajudar.

— E você acha que eu iria chamá-lo aqui se não soubesse disso? — resmungou Robinson, irritado e rosnando.

Mas o médico, ao falar, havia olhado para Leila, e não para ele, e a gratidão silenciosa e o alívio naquele par de olhos cinza-escuros já haviam tornado o sacrifício oferecido algo sagrado e belo.

CAPÍTULO V
A INSCRIÇÃO DESCENDENTE

Três dias depois, o Dr. Vanaman entrou na espaçosa biblioteca da casa dos Robinson, depositou sobre a mesa de leitura algo que vinha carregando e, com os lábios em um sorriso, mas com um olhar sério, quase austero, olhou para a jovem graciosamente lânguida que ocupava um canto do amplo assento na janela.

— Srta. Robinson, — disse ele — acredito que a senhorita e eu temos um problema muito incomum aqui... e que é hora de pelo menos tentarmos começar a resolvê-lo. Concorda comigo?

Diante da pergunta contundente, a mulher empalideceu ligeiramente; mas três dias foram suficientes para Vanaman compreender o gélido aço temperado que compunha a estrutura de sua aparente fragilidade. Nos instantes em que ela demonstrava leves sinais de medo, muitas outras mulheres teriam entrado em pânico, histéricas, mas, debaixo daquela massa sedosa e macia de cabelos ao luar, havia uma mente notavelmente clara e bem ordenada. Ela mantinha todas as contas pessoais do tio, administrava a casa dele perfeitamente, como um relógio, e era a única de seus parentes que, sob quaisquer condições, concordaria em viver sob o mesmo teto que ele.

Vanaman ouvira tal coisa da própria boca rabugenta do velho, ao passo que, com Leila, ele soube um pouco mais, não em tom de reclamação, mas como explicação de certas condições: que o tio nunca havia aprovado que ela recebesse amigos nem que saísse muito; que ele gostava dela perto dele a maior parte do tempo; e que, por conta de tudo isso, ela praticamente não tinha amigos da própria idade.

Ela temia que ele, Dr. Vanaman, achasse viver na casa do tio "um pouco solitário e entediante, às vezes". Solitário e entediante! "Deus do céu,", pensou Vanaman, "eis aqui uma fada do luar amarrada a uma tarefa feita para testar a rigorosa paciência de um santo medieval."

Sob a pressão das contínuas reclamações mesquinhas e arbitrárias do velho Robinson, ele já descobrira seu próprio autocontrole coagido ao máximo; e, acrescentado a essa pressão, jazia o problema, singular e um tanto quanto angustiante, a que ele acabara de se referir.

A mulher levantou-se e atravessou a sala. Ambos tinham a mesa entre os dois e encaravam a coisa que ele havia colocado ali com uma atenção curiosa e sedutora.

A tal coisa brilhava – vívida, bela como uma enorme esmeralda nebulosa, com partes de um verde translúcido no qual a visão poderia mergulhar de maneira repugnante, a profundidades inacreditáveis. Mas não conseguiam ver a inscrição escarlate, pois ela se encontrava no fundo do objeto sobre a mesa.

Depois de um momento, Vanaman desviou os olhos, olhou para cima e sorriu. Havia coragem e segurança em seu olhar, e o rosto sensível da mulher iluminou-se.

— Primeiro — disse o jovem médico — vamos ambos admitir que tivemos e temos medo! Depois disso, talvez possamos enfrentar nosso problema, analisá-lo e descobrir que aquilo de que temos medo é vazio de causa real para qualquer terror, como um sonho. Na verdade, essa é minha teoria atual.

— Que o horror noturno que visita esta casa seja um sonho? — sussurrou a mulher. — Mas como seria possível que nós três...

— Um sonho induzido — ele a interrompeu. — Uma espécie de sonho que, talvez, seria melhor chamarmos de alucinação, mas, ainda assim, um sonho, perigoso somente se os sonhadores se permitirem aceitar a ilusão como um fato material. Vou explicar com mais detalhes o que quero dizer mais tarde. Antes de formularmos qualquer hipótese definida, imagino que devamos comparar as imagens que presenciamos, Srta. Robinson, e definir quais delas são fatos reais e inquestionáveis, na devida ordem em que ocorreram.

A mulher pareceu hesitar, franzindo a testa diante do verde brilhante cujo incrível enigma Vanaman lhe pedira ajuda para resolver.

— Estou disposta a fazê-lo — disse ela, por fim. — Mas... o senhor me consideraria muito tola, muito medrosa, se eu lhe pedisse para guardar essa caixa em algum outro cômodo enquanto conversamos a respeito?

Ele sorriu para ela novamente, dessa vez de forma bastante sombria.

— Eu tampouco gosto dela, — admitiu ele — mas dei minha palavra de honra ao seu tio de não tirá-la de perto da minha vista até que ele retorne. Você sabia que ele saiu?

— Ah, sim. Problemas para resolver na fábrica. A usina de motores em Kennington fica muito perto do rio, e a enchente resultante da tempestade de quinta-feira inundou parte do prédio principal. Eles tiveram o mesmo problema duas ou três vezes nos últimos anos, sempre na primavera. Uma enchente em julho é... bastante estranho, não acha?

— Não depois de uma tempestade como a de ontem — afirmou Vanaman, com considerável firmeza.

— Está certo. Vou tentar considerar como algo não estranho, então. De qualquer forma, tentei dissuadir o tio Jesse de ir até lá, mas não consegui. Ele disse que o Dr. Bruce o havia declarado apto para sair da cama, que ele era necessário nas obras e que ninguém nem nada — ela olhou significativamente para a caixa — deveria impedi-lo de supervisionar suas propriedades, contanto que ele tivesse forças para tanto.

— Seu tio tem uma força de vontade extraordinária — admitiu o médico. — E, agora, vamos pôr nossas cartas na mesa?

— Estou pronta.

A mulher afundou-se em uma cadeira, e Vanaman sentou-se diante dela. Seus modos decididos eram deliberados e contínuos, não apenas pelo bem da mulher, mas também pelo seu próprio. O horror que ela afirmara visitar aquela casa todas as noites chegava perigosamente perto de abalar a vontade dele de continuar a enfrentá-lo, quiçá de dominá-lo por completo.

O medo do sobrenatural era uma forma de covardia que ele nunca esperara ter de combater em si mesmo. Estava determinado a não ceder ao enfrentá-lo e, por isso, empenhara-se em considerar o caso muito além da região emocional – onde reside o pânico bestializado –, levando-o aos limites da razão, nos quais o medo é reconhecido apenas como um sintoma, e suas causas, como assuntos próprios a uma análise fria e a questionamentos sob leis rígidas e imutáveis.

— Antes de tudo, — começou o médico — está disposta a descrever exatamente que condições encontrou no escritório do Sr. Robinson naquela primeira noite, quando me mandou chamar?

— Vou tentar. Eu teria lhe contado à época, mas estava com medo.

— De que a história levantaria suspeitas sobre seu equilíbrio mental? Estava certa. Nós, devotos da ciência, temos a tendência a lançar esse tipo de calúnia sobre testemunhos de fenômenos incomuns. Mas minha educação se ampliou notavelmente desde então. Pode ficar completamente segura agora, Srta. Robinson. Se me disser que viu a cauda da serpente do mundo, Midgard, saindo pela janela quebrada, eu responderei à sua declaração com compreensão e confiança!

Ele havia exagerado levemente, com a intenção de dar segurança à mulher, mas, assim que pronunciou aquelas palavras, sentiu um espasmo doentio. Por que havia ele citado aquele monstro específico como exemplo de algo difícil de acreditar? Na antiga mitologia nórdica, Midgard, a serpente que circunda o mundo, é simplesmente o mar – o mar verde, sibilante, errático e exigente.

Quase de forma selvagem, ele empurrou o pensamento para longe e forçou-se a voltar a prestar atenção à jovem à sua frente.

— O que me assustou, a princípio, — dizia ela — foi a qualidade inexplicável de tudo aquilo. Eu não conseguia compreender o que estava acontecendo. Eu cheguei aqui correndo, passando pela biblioteca, e a porta estava aberta. À medida que me aproximava, sentia uma estranha e súbita convicção de que estava correndo através de uma névoa densa e úmida. E não estou dizendo que houvesse qualquer névoa visível. O ar parecia bastante claro, transparente ao olhar. Mas eu respirava e sentia um frio úmido, assim como acontece no meio do mar, quando o barco em que estamos adentra a neblina. E, então, cheguei à porta…

Ela fez uma pausa.

— E...?

— Meu tio estava deitado, todo encolhido, e... e havia algo imenso, plano e escuro no quarto. Aquilo se espalhava por todo o chão – a não ser perto da janela, onde o tio Jesse estava deitado – e, quando entrei, a tal coisa recuou, deslizando para a parede oposta a mim, com uma espécie de ruído sibilante, agitado. Entende o que quero dizer?

— Sim, entendo — disse Vanaman, com o rosto bastante pálido.

— Corri até onde estava meu tio. Ele havia se deitado de bruços, todo encolhido, agachado sobre alguma coisa, segurando-a nos braços com toda a força, como se para protegê-la. Ele se distendeu um pouco quando toquei nele. Então, Frisby e alguns dos outros criados entraram correndo e colocaram o tio Jesse no sofá. Sem saber direito o que estava fazendo, peguei a... a caixa. Então... eu já estava assustada antes, mas, no instante em que tive a caixa em minhas mãos, fiquei mais do que assustada. Fiquei doente... literalmente doente de tanto medo. Não era uma questão de saber ou de pensar, doutor. Era apenas medo, um medo cego, irracional.

— Também entendo essa parte — ele concordou, soturno.

— De alguma forma, devo ter colocado a caixa sobre a mesa sem deixá-la cair e, em seguida, percebi que ouvia minha própria voz dando algumas instruções aos criados. Eu soava tão calma e serena que fiquei chocada comigo mesma. E, em meio à agitação geral, evidentemente ninguém notou algo estranho em meus modos. Isso é tudo o que tenho a dizer. Acredito que saiba o resto.

— Posso fazer uma pergunta?

— É claro, quantas quiser.

— Estive ao lado do seu tio por três noites desde que aquela coisa veio invadir seu quarto. Por duas vezes, a senhorita veio correndo do seu próprio quarto enquanto o grito de socorro ainda estava nos lábios dele. O que viu então?

— Eu vi — sua voz tornara-se apenas um sussurro tenso — água, uma água esverdeada que rodopiava para cima... saindo da caixa...

— Não fale disso! — sua exclamação foi tão aguda e brusca que acabou assustando o próprio Vanaman, que, em seguida, recostou-se na cadeira, com os lábios pálidos e uma expressão envergonhada e triste nos brilhantes olhos castanhos. — Peço desculpas, Srta. Robinson. A senhorita estava apenas respondendo à minha pergunta. Por favor, perdoe-me a interrupção extremamente rude e termine sua fala.

Mas a mulher balançou a cabeça.

— Eu estava me forçando a descrever algo cujo simples pensamento é, para mim, um terror insuportável. Está bastante evidente que nós dois vimos a mesma coisa. Imagino que seria melhor deixar a descrição em palavras para uma outra ocasião.

— Como deve me considerar um covarde terrível!

Ela se inclinou em direção a ele, a delicada cor de suas faces aprofundando-se em um tom rosado e quente.

— Dr. Vanaman, se o senhor fosse um covarde, a primeira noite que passou nesta casa teria sido a última! Mas o senhor permaneceu quatro noites e três dias com o tio Jesse... além daquela noite fatídica... e duvido que tenha dormido oito horas completas durante esse tempo todo. O senhor está visivelmente exausto. Não, não o considero um covarde. Acho que é um homem muito corajoso!

Seus modos lânguidos haviam caído como um véu, revelando por um instante a alma clara e brilhante que habitava reprimida por trás dele. Vanaman respirou fundo, jogou os ombros para trás e sentou-se novamente ereto.

— Obrigado! — embora breve, o reconhecimento soou extraordinariamente profundo e cheio de intenções. — Depois de ouvi-la, acredito que sou realmente corajoso o suficiente para tentar uma pequena experiência que o covarde que há em mim tem adiado sob um ou outro pretexto. A senhorita se importa?

Deliberadamente, ele pegou a caixa nas mãos, inverteu-a e colocou-a novamente sobre a mesa. A inscrição escarlate estava escrita como se tivesse sido feita com sangue.

— Vai vigiar comigo? — ele perguntou baixinho.

— O senhor quer dizer...

— Observei um traço bastante curioso nessa inscrição. Ela tem certa tendência a sumir. Basta colocar a caixa de ponta-cabeça e, um minuto depois, mais ou menos, ao darmos as costas, descobrimos que a inscrição, mais uma vez... desapareceu. Não acredito de verdade que a caixa esteja viva, a ponto de se virar sozinha. Todos os objetos materiais estão sujeitos às leis da física. Isso é axiomático. Certas alucinações, com um caráter mais ou menos ilusório, parecem se dar na presença desta caixa, mas a caixa em si é – de acordo com todas as evidências dos sentidos – um objeto material. Portanto, as leis da física devem governar o comportamento da sua inscrição. A senhorita me ajudará a mantê-la sob observação por um tempo?

A mulher assentiu em silêncio e, por vários minutos, os dois mantiveram os olhos completamente fixos nos caracteres escarlates. Nada aconteceu.

— Estou convencido — disse Vanaman, sem relaxar sua vigilância — de que, se seu tio confiasse em nós dois, seria capaz de desvendar todo o mistério, seja ele qual for. Acredito que ele tenha ficado sabendo da verdade que ronda esta caixa com o homem que o visitou naquela primeira noite – aquele de quem Lutz comprou esse objeto – e que, por motivos próprios, saiu às pressas, levando consigo a vidraça. Vou lhe dizer com toda a franqueza, Srta. Robinson, que seu tio é a pessoa mais incomum que já conheci. Ele não parece nem um pouco assustado, como nós dois. Embora pareça absurdo, ouso afirmar que – de alguma forma apaixonada, estranha e incompreensível – ele está, na verdade, adorando possuir essa caixa. Supondo que ela contenha algo valioso em seu interior, poderíamos compreendê-lo. Mas ele afirma não saber nem se importar com o que há dentro dela. Quando lhe sugeri que a arrombasse ou mesmo que a quebrasse, ele ficou muito zangado e me chamou de… bom, ele ficou zangado. Ocasionalmente, ele faz menção a uma pessoa, ou pessoas, que tentariam roubar a caixa dele, se fosse possível. Mas ele nunca cita ninguém nominalmente, apenas dizendo "ele" ou "eles". E parece sentir aquele prazer apaixonado e exultante de que falei simplesmente em manter a caixa longe deles.

A mulher suspirou.

— Meu tio é um homem idoso, Dr. Vanaman — disse ela, gentilmente. — Para algumas pessoas, acho que as peculiaridades da vida tendem a se tornar quase uma mania na velhice. Tio Jesse sempre foi muito determinado em adquirir ou realizar qualquer coisa que desejasse. Há cerca de dez anos, começou a juntar suas coleções. A princípio, eram apenas moedas antigas, mas, com o passar do tempo, ele passou a comprar qualquer coisa – quadros, objetos de porcelana, de marfim, tapeçarias – qualquer coisa estranha ou bela ou, principalmente, qualquer coisa que interessasse a outros colecionadores. Certa vez, quando eu tinha 12 anos, ele me levou a Paris com ele. Partimos com muita pressa, e eu não soube o porquê até que entramos no hotel onde iríamos nos hospedar e ele me mostrou uma estatueta de terracota. Ela havia sido desenterrada das ruínas da Assíria e parecia ser bastante famosa. Ao ouvirem que seria posta à venda, vários colecionadores americanos ricos telegrafaram a seus agentes de Paris para fazer uma oferta por ela, mas o tio Jesse foi o único que apareceu pessoalmente. Voltamos imediatamente para casa, e, mais tarde, meu tio pareceu ter ficado muito irritado quando apenas um único homem tentou comprar dele a tal estatueta. Mas não se tratava de um desejo de ganhar dinheiro revendendo-a a outra pessoa: ele parece sentir a estranha e apaixonada alegria que o senhor mencionou simplesmente em possuir algo que outras pessoas desejam. Receio que seu principal prazer ao colecionar objetos seja exatamente esse. E... agora... agora, ele tem uma caixa, e ela tem valor...

— Tem valor porque outra pessoa a quer. Estou entendendo.

— Dr. Vanaman, — sua voz voltou a ficar baixa, tensa — ele está resguardando a caixa de alguma pessoa... ou de alguma coisa?

— Talvez, na verdade, de nenhum dos dois. Como disse antes, tenho uma teoria acerca desse caso, uma teoria baseada em outros supostos fenômenos de ilusão nos quais, para ser honesto, nunca havia acreditado antes. Mas um homem que não muda de opinião de forma nenhuma é simplesmente estúpido. Temos duas alternativas. Podemos aceitar os fenômenos peculiares que ambos testemunhamos como demonstrações de algo escandalosamente sobrenatural. Preferiria não fazer isso, pois significaria... Bom, preferiria não fazê-lo. A outra alternativa diverge das leis da física conforme definidas pela ciência, mas não de forma tão profunda. Conhece o significado da palavra psicometria?

Ela balançou a cabeça.

— É uma palavra cunhada pelos espíritas para expressar um poder reivindicado por alguns médiuns. Um determinado objeto é colocado nas mãos do médium, e, a partir do contato manual, ele ou ela é capaz de descrever eventos, pessoas e cenas pertinentes ao seu passado. Hipoteticamente, suponhamos que o médium receba a estatueta de terracota que seu tio comprou em Paris. Com os olhos vendados, sem saber do que se trata, espera-se que o médium visualize cenas da antiga Assíria que originalmente cercavam a estatueta. Em outras palavras, presume-se que todo objeto material de forma fixa retém uma impressão de todo o seu entorno anterior – uma impressão psíquica, não física – mas, de qualquer forma, uma impressão que permite ao chamado "sensitivo" ler sua história como em um livro.

— O senhor quer dizer que na história desta caixa... — ela fez uma pausa, hesitante.

— Que na sua história — ele acrescentou — há algum evento terrível relacionado ao objeto e que, em determinados momentos, estabelecidos sabe lá Deus como, as pessoas que estão perto da caixa ou em contato com ela sofrem uma ilusão representativa do tal evento. E essa teoria tem uma vantagem: há uma pequena chance de podermos prová-la.

— Mas como?

— Tenho duas maneiras em mente. Uma é entrar em contato com o estranho que o Sr. Lutz enviou até aqui.

Concordando imediatamente, a mulher deixou Vanaman cuidando sozinho de sua estranha incumbência enquanto procurava o telefone no escritório de seu tio. Alguns minutos depois, ela voltou.

— O Sr. Lutz está fora da cidade — anunciou ela, desapontada. — Ele deixou a loja aos cuidados de um ajudante e se ausentou por algumas semanas. Conversei com seu funcionário, mas ele parecia não saber exatamente quando o Sr. Lutz retornaria, nem se poderia ser contatado por carta. Tudo que consegui descobrir é que ele está de férias em "algum lugar da costa".

— Ora essa! Lutz deve ter desejado se desligar completamente dos negócios se não deixou nenhum endereço para correspondência. Bom, essa estrada está bloqueada indefinidamente, então. Resta-nos a segunda via, que eu preferiria não usar. Já que esta caixa é realmente propriedade de seu tio, e não tenho o direito de tirá-la da casa, devo escrever para Nova York e pedir que uma certa pessoa venha até Tremont.

Sem se darem conta, ambos deixaram que seus olhos se desviassem da caixa para o rosto um do outro. No entanto, Vanaman tinha plena certeza de que nem ele nem a jovem haviam tocado nela e, mesmo se admitissem a existência de algum poder milagroso capaz de erguê-la e virá-la, isso não poderia acontecer sem atrair a atenção deles.

A caixa, no entanto, apresentava agora apenas a sua superfície polida e sem ornamentos à visão confusa dos dois. De acordo com sua vontade habitual e misteriosa, a inscrição escarlate havia desaparecido novamente, e, ao investigar com toda a cautela, Vanaman encontrou-a no fundo.

— Já chega! — exclamou o médico, levantando-se subitamente. — Eis o carro do seu tio de volta. Vou entregar-lhe sua preciosa caixa e dizer que ou ele me dá algumas horas para sair desta casa e relaxar ou aceita minha demissão!

CAPÍTULO VI
CAVALOS BRANCOS

**NOVA CONFUSÃO NA PRAIA DE ATLANTIC CITY.
HOMEM ENLOUQUECIDO ASSUSTA MULTIDÃO
PELA MANHÃ E SALTA DO CAIS......
IDENTIDADE DO SUICIDA DESCONHECIDA.**

Atlantic City, 24 de julho.

Às 8h desta manhã, um homem surgiu caminhando pela praia, vindo da direção da enseada. Ele conduzia um cavalo pelo cabresto e chamou atenção pela beleza do animal, branco como a neve, aparentemente um puro-sangue. O calçadão estava estranhamente lotado àquela hora. Muitos tinham saído para ver os efeitos da tempestade fora de época da noite anterior, e, embora a maioria dos madrugadores continuasse no calçadão, alguns estavam na praia, entre eles dois salva-vidas.

Quando o homem que conduzia o cavalo encontrou os dois, um deles, Jimmy Dolan, abordou-o e, brincando, perguntou se ele pretendia dar um banho no cavalo. O homem, bem-vestido, mas sem chapéu e cheio de lama no corpo – e, segundo Dolan, com os olhos bastante arregalados –, murmurou algo como resposta – apesar de os salva-vidas só terem conseguido entender uma certa referência a um "arcanjo" – e continuou andando. Desconfiado, Dolan virou-se e passou a segui-lo.

Alguns metros mais à frente, o homem parou e tirou algo debaixo do casaco. Dolan percebeu o brilho do aço, viu que se tratava de uma faca e saltou sobre ele. O maníaco desferiu um golpe em Dolan – sem conseguir acertá-lo – e fez um corte no pescoço do cavalo, o que fez o vigoroso animal mergulhar no mar e, livrando-se do cabresto, sair a galope ao longo da praia. Aos gritos, o lunático começou a persegui-lo, mas, quando Dolan tentou agarrá-lo mais uma vez, ele escapou do salva-vidas e subiu correndo um lance de escadas ao lado, até o calçadão. Diante da faca que ele brandia, descontrolado, a multidão abriu caminho, e ele, virando-se, saltou a grade baixa do Cais Público Clancy, correu até o fim – onde outra grade separa o píer do mar aberto – e pulou sobre ela, soltando um urro doentio e atirando-se de cabeça no mar. Embora os salva-vidas tenham se lançado em um barco à sua procura imediatamente, foi impossível resgatá-lo.

EDIÇÃO ESPECIAL EXTRA!

Tremont, 25 de julho.

O homem desequilibrado que cometeu suicídio ao saltar do Cais Clancy, em Atlantic City, foi identificado como sendo, com toda a probabilidade, o Sr. Jacob Lutz, desta cidade, que havia desaparecido na terça-feira, 15 de julho, e cujo paradeiro seus amigos e família vinham tentando descobrir, em vão. Embora o corpo não tenha sido recuperado, o Sr. Sam Trimble, proprietário de uma fazenda perto de Absecon, em Nova Jérsei, tinha algumas informações a dar. Aparentemente, ontem à tarde, um homem bem-vestido visitou sua fazenda, dizendo saber que Trimble tinha um cavalo branco que desejava vender – o que era verdade. Mas o tal cavalo era um puro-sangue, de nome Espelho, filho de Raio de Sol e neto de Chalmers III – e Trimble queria um preço muito mais alto do que o estranho queria pagar.

Por fim, ele convenceu Trimble a dar um desconto de 500 dólares e pagou imediatamente os 3 mil dólares pedidos em notas de grande valor, que, aparentemente, ele retirara do banco para esse fim. Também deu a Trimble seu cartão de visitas, mostrando ser Jacob Lutz, o negociante de artefatos, cuja loja fica no número 901 da Rua Forest, em Tremont.

Já era quase noite, mas, para a surpresa de Trimble, o Sr. Lutz insistiu em levar o cavalo consigo. Viera a pé e, quando Trimble o viu pela última vez, dirigia-se para Absecon. Não se sabe como ele fez a viagem entre Absecon e Atlantic City. Ele dissera a Trimble que não sabia andar a cavalo e que não adiantava selar Espelho, pois ele teria medo de montá-lo.

Quando foram vistos na praia esta manhã, tanto o cavalo quanto o homem tinham o corpo coberto de lama, e supõe-se que o infeliz Sr. Lutz, em um ataque de insanidade temporária, de alguma forma conseguiu atravessar a tempestade a pé, através dos pântanos, cursos de água e pontes que existem entre Absecon e Atlantic City.

Lutz era bem conhecido em Tremont, com uma reputação ilibada, e é com profundo pesar...

Depois de ter acabado de ler a edição extra do *Tremont Inquirer*, o Dr. Vanaman voltou apressadamente ao início e leu tudo novamente. Aquele era o primeiro jornal que ele vira nesse dia, e o velho Robinson, que o folheara durante todo o almoço, jogara-o para ele com uma espécie de sorriso malicioso e saiu da sala de jantar, deixando a sobrinha e o médico a sós para que tirassem suas próprias conclusões sobre aquela notícia. Vanaman tinha certeza de que ela tinha alguma relação com o misterioso segredo da caixa verde, como se Robinson tivesse dito exatamente aquilo com palavras, em vez de se limitar a lhe lançar seu olhar malicioso juntamente com o jornal.

Outra noite estressante se passara desde sua conversa com Leila na biblioteca. A tensão daquelas invasões estranhamente terríveis afetava muito mais o jovem do que o próprio velho Robinson. Depois daquela primeira noite, ele não sofrera mais convulsões iguais à que levara Leila a chamar o Dr. Vanaman. Todas as noites, entre o entardecer e o nascer do sol, a mesma ilusão, alucinação ou delírio da maré verde invadia seu quarto; na noite anterior, o fenômeno se repetira três vezes em oito horas.

Mas, embora a cada clímax – quando as águas fantasmagóricas passavam a rodopiar em uma massa espumosa, e um terror supremo ameaçava a todos – o velho Robinson acordasse e gritasse de forma estrondosa por ajuda, ele já não perdia a consciência logo depois, nem deixava de dormir de forma invejável durante os intervalos de paz.

Já com Vanaman, o caso era enlouquecidamente diferente. Ele ficava horas acordado, com todos os nervos à flor da pele, na expectativa do que estava para acontecer. Então, um sono repentino tomava-o de surpresa, e ele acordava – muitas vezes apenas 30 minutos depois – em meio a um horror hipnótico e aterrador, do qual não era capaz de escapar, nem mesmo com todo o esforço do mundo, até que a voz de Robinson gritasse seu nome, e ele saltasse, como que eletrizado, para ir resgatá-lo.

O fato de a visão assustadora desaparecer instantaneamente era um consolo, mas jamais o suficiente para fazê-lo se apaixonar por sua tarefa.

Na verdade, apenas um pensamento dava a Vanaman a coragem e a resistência para prosseguir. Ele tinha certeza de que Leila seria chamada para ocupar seu lugar como vigia caso ele desertasse. Ela já despertava sempre que o tio gritava, mas, pelo menos, não precisava ficar sentada ou deitada naquele quarto nem aguentar o pesadelo que precedia seus gritos estridentes.

E, agora, aquela notícia chocante de Lutz. Vanaman tinha suas próprias razões – que ele não revelou a Leila – para associar o episódio do cavalo branco ao caso deles. Quando ela, por sua vez, leu sobre o suicídio do negociante e as excêntricas ações que o precederam, o médico ficou aliviado ao ver que, embora chocada, a jovem pareceu aceitar a narrativa do jornal como tal. O fato de a óbvia insanidade de Lutz tê-lo levado a envolver um cavalo branco nos detalhes de seu trágico fim não significava nada para ela, e Vanaman ficou feliz, muito feliz, por isso.

Se ela não tinha todas as informações necessárias – ou se, mesmo as tendo –, sua mente não conseguira fazer a associação que a mente de Vanaman fizera imediatamente, então era melhor deixá-la continuar na ignorância. Já havia desolação suficiente para ela em toda aquela situação, e não havia necessidade de aumentar sua sensação de horror ao saber o motivo que fizera Lutz ter comprado aquele cavalo branco.

Qualquer esperança de localizar o proprietário original da caixa verde por meio do seu revendedor estava agora, é claro, definitivamente encerrada. No entanto, Vanaman havia escrito à pessoa em Nova York cuja presença em Tremont seria necessária para o sucesso do seu segundo plano – sobre o qual havia falado vagamente com Leila – e também enviara pelo correio um fac-símile cuidadosamente traçado da inscrição escarlate para um conhecido seu, o professor Bowers Shelbach.

O tal professor seria capaz de lhe fornecer uma tradução da inscrição, se é que existia tradução para aqueles caracteres. Embora apenas alguns anos mais velho do que Vanaman, Shelbach era um linguista e arqueólogo de considerável fama. O médico o conhecera na época da faculdade, e os dois haviam se tornado íntimos o suficiente para justificar essa afirmação acerca da erudição do jovem professor.

Entretanto, até que recebesse uma resposta às suas mensagens, parecia não haver mais nada que pudesse fazer além de suportar todo aquele sofrimento, no qual ele vinha sentindo a crescente alegria da companhia de Leila – ainda que fosse uma alegria perigosa.

Vanaman estava se esforçando ao máximo para manter seus sentimentos pela jovem dentro dos limites da amizade. Os milhões de Robinson estavam entre os dois, e ele deveria se manter dentro desses limites – ou seria considerado um caçador de fortunas. Mas, mesmo no que ele chamava estritamente de amizade, a mera presença dela era um deleite, e a humilhação contínua da tirania agressiva de Robinson era despojada de metade da sua força pelo companheirismo de Leila.

Uma coisa ele havia decidido. Mesmo tendo se vendido como um criado utilitário, ele teria pelo menos uma hora por dia para si, a fim de fugir da pessoa, da casa e do tesouro – a caixa verde – de Robinson. No dia anterior, seu aviso nesse sentido fora recebido de forma muito desagradável, e, embora ele tenha simplesmente colocado seu chapéu e saído, durante toda a longa e enérgica caminhada que fez, seus ouvidos queimavam com a lembrança de certos termos que o velho utilizara para humilhá-lo diante de Leila, termos suficientes para fazê-lo surrar qualquer outro homem que não fosse o tio dela.

Hoje, porém, para sua grande surpresa, pouco depois do almoço o velho não só fez questão de lembrar-lhe – quase com gentileza – que tinha direito a algumas horas de folga, mas sugeriu que Leila também se sentiria melhor depois de um passeio.

— Não é com qualquer um que eu deixaria Leila andar sozinha — disse ele, com sua habitual grosseria. — Mas acho que ela está segura com você, e não preciso de nenhum dos dois perto de mim por um tempo. Claro, se você tem algum assunto pessoal para tratar, doutor, e não quer levar a jovem consigo…

— Ficarei encantado e profundamente honrado se a Srta. Robinson aceitar minha companhia — interrompeu Vanaman, com as orelhas fervendo.

O rosto da mulher, naturalmente, também assumira um lindo, mas penoso, tom avermelhado, e, quando seus olhares se encontraram, a comicidade da situação atingiu-os a ambos, e o embaraço se transformou em um silencioso instante de lazer. O olhar penetrante de Robinson estava fixo em sua preciosa caixa – e não neles –, e ele continuou a falar, aparentemente sem saber que havia criado algum constrangimento que merecesse ser atenuado:

— Se você quiser, pode pegar o carro, Leila. Mas não dirija naquela estrada nova que estão construindo, depois do parque, como fez da última vez. Não pense que eu fico incomodado com você usando o carro, Leila, mas devemos ter o mínimo de bom senso e lembrar que a pavimentação nova é dura demais para os aros dos pneus. E não…

— Se o Dr. Vanaman não se importar, eu preferiria caminhar a sair com o carro — interveio Leila.

— Façam como quiserem — resmungou seu parente, com um tom amigável. — Mas não quero que nenhum de vocês saia por aí dizendo que eu trato mal minha própria carne e sangue, obrigando-os a caminhar para economizar o valor da gasolina. Não sou maldoso, apenas gosto que tratem minha propriedade com cuidado.

— O senhor nunca foi mau comigo, tio — assegurou Leila, e, para a surpresa de Vanaman, a mulher inclinou-se por um breve momento sobre o velho tirano curvado como um falcão e beijou-o.

Mais tarde, enquanto caminhavam sem rumo pelo bulevar, ela disse, baixinho:

— Tio Jesse sempre foi muito bom para mim, Dr. Vanaman. Se ele é um pouco difícil às vezes, e eu pareço impaciente, o senhor não deve nos entender mal.

— Quando chegar a hora de vê-la impaciente em quaisquer circunstâncias, tentarei não interpretá-la mal — retrucou o médico, bastante sério.

— Ah, mas eu fico impaciente com frequência — riu a jovem. — Na verdade, herdei grande parte do temperamento da família Robinson e, às vezes, penso que tem sido muito bom para mim viver com uma pessoa que pode ser um pouco irracional – acabei adquirindo bastante autocontrole. Vamos virar na River Drive? É muito bonito por aqui.

Assim o fizeram, e era um lugar, como ela mesmo disse, muito bonito, pois as árvores formavam um arco parecido com um túnel sobre a alameda, e, à direita, corria o Rio Delaware, como um clarão sombrio, feito aço polido sob a luz enviesada do sol. Naquele instante, a larga correnteza fluía anormalmente rio acima, já que o Delaware deságua no mar e as suas águas sombrias e salgadas são controladas pelas marés, mesmo a muitos quilômetros da costa.

— O rio ainda está muito alto — observava a jovem naquele momento.

— É a maré crescente — disse Vanaman. Em seguida, desejou não ter falado nada, ou que não tivessem vindo passear à beira do rio.

Por um consentimento implícito, eles evitaram fazer qualquer referência àquilo que tornava todas as noites um horror sombrio para ambos. Tinham saído para fugir daquilo tudo por um curto período de tempo, até mesmo para evitar de pensar na situação que vinham vivendo – e acabaram escolhendo um caminho por onde corria a maré, empurrando as águas doces do rio!

E, como se isso não bastasse – como se o destino estivesse determinado a impedi-los de qualquer maneira de esquecer, nem mesmo por um breve intervalo –, saindo de um atalho que se juntava à alameda surgiu um homem... conduzindo um cavalo branco.

CAPÍTULO VII
CAVALOS BRANCOS
(CONTINUAÇÃO)

Os nervos de Vanaman estavam tensos devido a todo o esforço que vinha fazendo e à falta de sono. Ele parou, exclamando algo em um murmúrio.

— O que foi? — perguntou a jovem.

A surpresa em sua voz fez com que ele lembrasse que a Srta. Robinson não tinha motivos para se assustar com a simples visão de um cavalo branco. Sua atenção ao ler a respeito da morte de Lutz estava voltada para o fato de seu suicídio, quase ignorando a compra aparentemente irracional do cavalo Espelho.

— Nada — o médico respondeu à pergunta, e continuaram seguindo em frente.

O homem e o cavalo vinham na direção deles, e, agora, o próprio Vanaman começou a imaginar o porquê de a visão daqueles dois tê-lo chocado tanto. A não ser pelo fato de o cavalo ser branco e o homem, um homem, eles não tinham qualquer outra característica que se assemelhasse ao episódio de Atlantic City.

O cavalo Espelho era um puro-sangue, de uma beleza tão impressionante que, mesmo no relato do jornal – antes mesmo de o repórter ter mencionado a estirpe do animal –, já havia sido feita alusão à sua aparência. Este pobre bruto, por outro lado, poderia ter sido bonito vinte anos antes – agora, era apenas um animal lastimável. Esquelético, sujo, com arreios e selas arranhadas e a pele branco-amarelada toda cheia de manchas por falta de cuidados, ele mancava sobre jarretes inchados como símbolo da velhice equina negligenciada.

E, a não ser pelo fato de não ser velho, sua escolta humana não parecia estar em melhor situação. O comprador do Espelho, embora coberto pela lama, estava visivelmente bem-vestido. Esse sujeito vestia uma camisa marrom suja e calças claramente antigas; seus pés estavam descalços, e seus cabelos claros e desgrenhados destacavam-se da cabeça sem chapéu em pontas absurdamente irregulares, entre as quais pendiam pedaços de palha, como se ele tivesse passado a última noite em um estábulo.

De seu rosto macilento, escurecido pelo vento e pelo sol, olhos acinzentados miravam desolados, com uma expressão estranhamente vazia, quase como os olhos de um homem cego. No entanto, logo ficou provado que ele não o era, pois, ao encontrar os dois, que caminhavam com o intuito de esquecer, seus olhos sombrios subitamente deixaram o vazio para se fixarem em Leila, passando então para o médico, e de volta para ela. Em seguida, sua boca de lábios finos se alargou em um sorriso desdenhoso.

Vanaman não estava disposto a tolerar nem mesmo uma insolência silenciosa como aquela; seus punhos cerraram-se, e, ao passar pelo sujeito, o médico virou-se para ele. O homem olhava por cima do ombro, ainda sorrindo. Ele apontou para trás com o polegar sujo, indicando o cavalo.

— O melhor que consegui, meu amigo — disse ele, cheio de malícia no olhar. — Bom o suficiente, não acha?

— Do que está falando? — perguntou o médico.

— Deste cavalo — explicou o homem, fazendo de conta que não o havia entendido bem. — É um cavalo branco. Não o culpo por não saber direito do que se trata, mas o que se poderia esperar por 5 dólares? Dei tudo o que tinha no mundo por ele — Ele soltou um riso sem graça. — Mas é mais do que Lutz deu pelo cavalo dele, aquele pão-duro canalha! Você leu no jornal como ele baixou o preço de 3.500 para apenas 3 mil? Eu, no entanto, acredito que, por ter oferecido até o último centavo que tinha por esse encantador animal, meus míseros 5 dólares valem mais do que o puro-sangue de 3 mil dólares de Lutz. O que tem a dizer sobre isso, Dr. Vanaman?

O médico olhou para o homem com uma expressão desnorteada. Naquele mesmo instante, viu-se dominado por uma terrível dúvida, sem saber se tudo aquilo era real ou se ele mesmo não estava louco, sujeito a alucinações com marés fantasmagóricas, velhos tiranos com cara de falcão, estranhos fantásticos e cavalos brancos. Então, ele olhou para Leila e recuperou seu equilíbrio mental. Não havia sido o único a ouvir aquelas palavras surpreendentes, pois a perplexidade e o pavor emergiram em cada linha das feições delicadas da jovem.

Ele se virou para o estranho, quase com violência.

— Quem é você? — bradou ele. — Como sabe meu nome?

O sorriso de desdém do pilantra se alargou.

— Ora, ora, veja bem — respondeu ele, lentamente — eu tenho meus próprios motivos para acompanhar o que acontece em uma certa casa. Foi assim que fiquei sabendo seu nome, meu amigo. E, na verdade, estou lhe dizendo o que você provavelmente já sabe: que se meteu em uma enrascada, meu amigo, e que, ou eu muito me engano ou, antes mesmo de acabar essa história, você já terá comprado seu próprio cavalo branco. Mas siga meu conselho, caro amigo. Quando você o fizer, não cometa o erro de Lutz, achando que vai conseguir escapar com facilidade. Dê tudo o que você tem no mundo, meu amigo, até mesmo a camisa que está vestindo. E vai poder dizer ao velho milionário Robinson que, mesmo se estivesse falido como eu, você não trocaria de lugar com ele nem por três vezes a sua fortuna! Pode lhe dizer que foi Blair quem lhe mandou passar o recado? Jim Blair. Ele vai saber do que se trata. Até mais, meu amigo, esta belezinha aqui e eu temos um compromisso.

Ele puxou a corda gasta que – no lugar de um cabresto – estava amarrada no pescoço do desajeitado animal, e o cavalo, levantando ligeiramente a grotesca cabeça, cambaleou atrás de seu dono.

Vanaman não fez nenhum esforço para segui-los nem detê-los. Quando, um minuto depois, ele viu a dupla sair da alameda, descendo vacilante a ribanceira, e continuar por uma faixa de terra coberta de juncos que se estendia por uma curta distância até o rio, ele se virou abruptamente e tomou Leila pelo braço.

— Vamos embora, Srta. Robinson — disse ele, entredentes. — Não tenho o direito de interferir e nem mesmo estou certo se quero fazê-lo. Mas não há necessidade de continuarmos a vigiá-los. Algo está prestes a acontecer, o que certamente iria angustiá-la. Vamos embora!

— Mas, doutor, esse deve ser o homem que o senhor queria localizar, o sujeito que vendeu a caixa verde ao Sr. Lutz! Lembro-me bem que Frisby tinha dito que ele era alto e magro, bastante maltrapilho e sujo, com olhos claros...

— Vamos embora!

Quase à força, Vanaman puxou-a para ir consigo, e ela, meio assustada e perplexa, acabou cedendo. Caminhando com rapidez, logo chegaram novamente ao bulevar e perderam o rio de vista. Embora a jovem, alarmada com a insistência do médico, não tivesse olhado para trás, Vanaman o fizera enquanto ainda estavam na estrada — e acabara vendo o que esperava ver.

Eles haviam saído havia menos de meia hora quando o velho Robinson ergueu os olhos com raiva e surpresa ao perceber a porta de seu escritório ser aberta e, sem a formalidade de bater antes de entrar, o Dr. Vanaman aparecer à soleira sozinho. Então, algo que transparecia no rosto e nos modos do médico fez com que as sobrancelhas aquilinas do velho se unissem ainda mais.

— O que aconteceu? — rosnou ele. — Onde está Leila? Maldito cachorrinho, se você permitiu que algum mal acontecesse com minha menina...

— Sua sobrinha está perfeitamente segura, Sr. Robinson. — Apesar de toda a tensão que seus olhos expressavam, a voz do médico estava muito fria e constante. — Eu quero – na verdade, exijo – uma pequena conversa a sós com o senhor, e, por essa razão, a Srta. Robinson gentilmente nos deixará em paz por um tempo. Há várias perguntas para as quais exijo respostas. Por que Jacob Lutz cometeu suicídio quando o cavalo branco que ele tinha comprado escapou da sua faca na praia de Atlantic City? E por que Jim Blair – ah, como imaginava, o senhor conhece esse nome! — por que esse tal Jim Blair, depois de também ter comprado um cavalo branco, conduziu-o até o rio quando a água estava salgada por conta da maré alta e cortou sua garganta? Por que cortou-a naquele exato lugar, fazendo com que o sangue corresse para dentro do rio? Ora,

ora, o senhor tem me usado sem que eu saiba de nada há tempo demais! Se quiser que eu continue a fazer parte dessa história maldita, preciso saber onde estou me metendo. Por que fizeram todas essas coisas?

CAPÍTULO VIII
PSICOMETRIA

É muito bom fazer exigências, algo que não deve ser difícil para quem é jovem, enérgico e governado, quase a ponto de explodir por circunstâncias que, no decurso normal da vida de uma pessoa comum, praticamente não têm o direito de existir. Ceder a tais exigências pode não ser tão fácil. No caso do Sr. Jesse J. Robinson, por exemplo, aquele que lhe fizesse qualquer exigência – fosse ela qual fosse, razoável ou não – provavelmente encontraria uma resistência mais do que proporcional à força utilizada ao fazê-la.

O Dr. Vanaman era jovem, obstinado e decidido. Mas, no fim daquela conversa, ele sabia haver simplesmente se lançado contra uma força de vontade que não apenas se igualava à sua própria mas que também tinha a vantagem de uma astúcia implacável, com a qual ele não poderia de forma nenhuma contar.

Ele havia imaginado que seus sentimentos por Leila – um segredo até mesmo para a sua própria alma – não eram conhecidos do tio dela. Agora, acabava de descobrir justamente o contrário. Aqueles olhos aguçados de falcão já tinham percebido muito mais do que deixavam escapar, e, diante dessa primeira rebelião verdadeira do criado que ele havia tomado para si, o velho Robinson acirrava seu poder de uma maneira bastante desconcertante.

— Então você não vai ficar ao meu lado se eu não satisfizer sua curiosidade leviana, não é? Vai me deixar lutar minhas próprias batalhas ainda nesta noite, se eu não lhe explicar as tolices daqueles dois idiotas, Blair e Lutz, e lhe revelar, além disso, tudo o que sei sobre isto aqui?

Suas garras acariciaram a caixa verde, e sua voz elevou-se em um rosnado triunfal. — Muito bem! Vá embora, então, seu filhotinho imbecil e desertor! Leila e eu podemos continuar sem você! Leila é uma Robinson, e nem mesmo o próprio demo, com seus cascos, chifres, rabo e enxofre, podem fazer aquela garota desistir de algo! Sim, ela pode até ficar com medo. Mas vai continuar ao lado do seu velho tio Jesse até que os infernos congelem. Você está enamorado da garota. Ah, sim, está sim. Você acha realmente que o velho Jesse Robinson seria tolo o suficiente para acreditar que você aceitou um trabalho que o tem arrastado para o abismo todas as noites, continuando nele até hoje, por outro motivo além desse? Muito bem, então! Você quer que Leila continue o seu trabalho, ficando de vigia ao meu lado? Já vou lhe avisando que é isso que vai acontecer se você desistir. Posso confiar em Leila e já sei que posso confiar em você. Mas, juro por Deus que não há outro ser vivo em quem eu confiaria para me vigiar nesse momento! Terei um de vocês dois ao meu lado. Qual deles prefere? Você ou... Leila?

— Ficarei ao seu lado — cedeu Vanaman, com a voz bastante rouca.

— É claro que vai — zombou o outro, acrescentando um de seus olhares frios e cintilantes à zombaria. — O que não significa que você também há de ficar com Leila, veja bem. Meu objetivo é fazer com que aquela menina se case com alguém que valha a pena!

O médico cerrou os dentes e conteve seu temperamento. Havia pouco a ganhar dando-lhe rédeas soltas. Fora-lhe dada uma escolha: entregar todo o fardo daquelas terríveis noites à jovem de cabelos enluarados ou a si mesmo; e ele continuaria a suportar da melhor maneira possível os insultos grosseiros que acompanhavam aquele trabalho singular. Ele percebeu, então, que Robinson voltara a falar.

— Agora que resolvemos tudo, vou lhe dizer uma coisa, doutor. É para o seu próprio bem que não estou lhe revelando toda a verdade. Blair sabe de tudo. Lutz sabia uma parte dos fatos. Quanto a mim, sei tanto quanto Blair. Tenho liberdade para admitir que nós três tínhamos motivos de preocupação. Mas Blair, Lutz e eu entramos nessa história de uma forma que nem você nem Leila entraram, e, enquanto você se limitar a obedecer às minhas ordens e evitar meter o nariz onde não é chamado, sem se preocupar com aquilo que não pode lhe ferir, estará seguro como uma igreja, e tampouco há de comprar cavalos brancos. Não que cavalos brancos sirvam para alguma coisa. Chamei os dois de tolos, mas não sei se, no lugar de Lutz ou de Blair, eu não teria tentado fazer o mesmo... Talvez sim. No entanto, agora, minha situação é bem diferente da que eles viveram. Não são cavalos brancos que ele quer de mim. Ele é como o velho Jesse Robinson; e é por isso que tenho tanto respeito por ele e que estou gostando do nosso pequeno encontro. Seu lema é o mesmo que o meu. O que ele quer ele consegue, e tudo o que ele consegue ele mantém. Tudo a não ser esta caixa aqui, e ele meio que perdeu o controle sobre ela, não é? Então, tudo bem!

— Sr. Robinson — interrompeu o médico, levantando-se de repente. — Eu sei o porquê de aqueles cavalos brancos terem sido comprados e entendo melhor do que pensa aquilo contra o que acredita estar lutando. Mas, qualquer que seja a história da caixa – por um motivo qualquer, ela causa alucinações àqueles que a possuem ou que se mantêm perto dela –, é uma insanidade acreditar no que o senhor acredita! Coisas assim não podem existir. Lutz ficou literalmente louco por conta dessa mesma ilusão que o senhor acalenta... E o senhor sabe como ele terminou. Blair, muito em breve, seguirá pelo mesmo caminho – se a expressão que vi nos olhos dele hoje não me enganou. Pelo amor de Deus, homem, pare antes que seja tarde demais, ou o senhor, eu e talvez até mesmo aquela adorável jovem, sua sobrinha, havemos de seguir esses dois! Aquilo em que acredita é uma ilusão... uma loucura... uma superstição ultrajante! Mas a verdade real, seja ela qual for, produziu algum tipo de maldição nessa caixa. Livre-se dela! Quebre-a em pedaços, ou jogue-a no mar, se preferir...

Ele parou, ainda surpreso com a raiva verdadeiramente terrível que o rosto do seu algoz era capaz de expressar. As sobrancelhas franzidas contorciam-se acima dos olhos, como pontos de fogo azul; o nariz em formato de bico parecia curvar-se de uma maneira aparentemente mais alongada e cruel; e, da abertura oblonga e com presas que era sua boca, saía um som parcamente articulado, o chamado selvagem e afônico de uma criatura predadora.

Antes que a torrente de objeções que ele sabia que se seguiria pudesse ser proferida, Vanaman virou-se e saiu do escritório. Ele havia fracassado e precisava tirar o melhor proveito de sua derrota, mas sentia a necessidade de controlar melhor o próprio temperamento antes de continuar a aguentar os abusos desnecessários de Robinson.

Naquela noite, uma tempestade ainda mais forte do que as que costumavam acontecer no inverno assolou toda a costa atlântica do país, e, de Nova Scotia às ilhas ao sul da Flórida, o mar se agitou como nunca, devorando a terra indefesa. As frágeis defesas do homem caíram diante dele, e, em muitos portos supostamente seguros e em muitas cidades costeiras inundadas, o saqueador verde e sibilante cobrou inúmeras vidas humanas.

Rio acima, o Delaware subiu como nunca antes em toda a sua história, e até mesmo as partes mais baixas de Tremont, a mais de 80 quilômetros da costa, foram inundadas por sua fúria generalizada. Em Kensington, alguns quilômetros adiante, algumas das maiores fábricas ficaram completamente inundadas. A Fábrica de Motores dos Irmãos Robinson sofreu muito, e, no dia seguinte, seu simpático proprietário, depois de uma ligação do gerente geral da fábrica, encontrou a ocasião perfeita para expressar seu forte descontentamento.

Era domingo, mas dificilmente seria um dia de descanso para alguém ligado a uma fábrica de motores. Um grande contrato governamental corria o risco de não ser cumprido, e Robinson, depois de um café da manhã apressado, lançou-se para fora de casa e para dentro do seu carro com a determinação expressa de "fazer com que aquela água seja drenada, nem que eu tenha que matar um daqueles vagabundos imprestáveis que preferem ficar parados, girando seus polegares e esperando. Esperando! Que se danem! Eles seriam capazes de esperar até o maldito Delaware secar, e, enquanto isso, eu que continue perdendo dinheiro, todo santo dia!".

Ele partiu, e uma certa atmosfera de alívio envolveu a casa que ele desocupara.

Para Leila e o Dr. Vanaman, no entanto, o alívio não foi tão grande quanto poderia ter sido se eles não tivessem continuado com a guarda daquele enigma azul-esverdeado, belo e refinado, cuja visão era detestada por ambos. Mais uma vez, seu dono arrancou a promessa solene de seu ressentido, mas confiável criado de não deixar a caixa nem por um instante longe de sua vista e de sua guarda.

— A coisa maldita é minha — enfatizou ele. — Não é nem sua nem de Leila. Entenda isso, e...

— Se pela mente do senhor passou alguma ideia maluca de que eu queira reivindicar a propriedade dela... — começou o médico, indignado, mas Robinson o interrompeu.

— Claro que não, seu idiota irritante! — ele vociferou. — Cale-se e escute. Esta caixa é minha. Você e Leila são meros criados meus e, embora me pareçam responsáveis, não são responsáveis o suficiente para... para um certo alguém que costumava ter a posse dessa caixa e que vem agindo muito perigosamente para consegui-la de volta. Se jamais pensar nela como sendo de outra pessoa além de mim, creio que estará suficientemente seguro. Caso se esqueça do meu aviso, não poderei lhe garantir nada. Entendeu?

— O senhor sabe que não... não totalmente. Mas vou me lembrar do que disse — respondeu-lhe Vanaman.

Depois que Robinson partiu, o dia passou tranquilamente até o meio da tarde, quando a campainha tocou e o mordomo trouxe um cartão para Vanaman.

— Traga a dama até a biblioteca, Frisby — instruiu ele, depois de um instante de contemplação. — E pergunte à Srta. Robinson se ela fará a gentileza de se juntar a mim quando puder.

Ele desceu, levando a caixa consigo, e quando, alguns minutos depois, Leila apareceu na biblioteca, encontrou-o conversando com uma mulher alta, magra e com uma aparência obstinada, toda vestida de preto. Seus cabelos grisalhos estavam muito bem presos para trás, sob um chapéu preto à moda antiga, e a seriedade de seu semblante teria sido bastante terrível se não fosse aliviada por um par de olhos castanhos brilhantes, muito gentis, tão parecidos com os do médico que Leila instantaneamente presumiu, de maneira correta, algum laço de sangue.

— Srta. Robinson, gostaria que conhecesse minha tia, a Srta. Fellowes. Esta, tia Jane, é a jovem que, como lhe escrevi, compartilha comigo o desejo de ver resolvida uma questão bastante curiosa.

— Vim para cá assim que recebi a carta de Jack — anunciou a visitante, em um tom tão determinado quanto sua aparência.

— Algo extremamente gentil de sua parte. E fico muito feliz em conhecer uma parente do Dr. Vanaman.

Leila falou com um tom cordial, embora estivesse intimamente confusa. Seria essa a tal "pessoa de Nova York" a quem ele se referiu como fundamental ao seu plano B, que ele teria preferido não seguir? Se sim, que plano era esse e por que ele hesitara? Mas, à medida que a conversa prosseguia, sua intuição naturalmente rápida conseguiu compreender os motivos dele, e, se tudo aquilo não tivesse nenhuma relação com a caixa verde, ela poderia ter achado aquela situação um tanto quanto divertida.

A tia do Dr. Vanaman era espírita, mas não apenas isso: estava também ligada a uma doutrina mais flagrante e agressiva.

O fato do seu "Jack" – que, segundo a tia, sempre fora um materialista cego demais desde a juventude – ter sido obrigado a admitir que realmente havia algo no mundo que ia além da sua compreensão parecia lhe proporcionar uma espécie de sensação triunfal e exultante. Além disso, ela aparentemente presumira que, daquele momento em diante, ele se converteria totalmente às suas opiniões bastante radicais. "Espíritos", "comunicadores", "guias", "sensitivos" e "forças psíquicas" assombraram verbalmente aquela biblioteca, até que, desesperado, o médico ergueu a mão em protesto.

— Tia Jane, — ele implorou — não sou capaz de engolir tudo isso de uma só vez. Por favor, não fique chateada comigo, mas realmente não consigo! Talvez seja verdade tudo o que está dizendo. Talvez cada centímetro do espaço em que vivemos esteja lotado de espíritos, e seja tão fácil estabelecer comunicação com Júlio César quanto ligar para a telefonista. Mas não era exatamente para isso que eu queria sua ajuda. Admito que tenho uma aversão natural bastante forte à crença no sobrenatural. Acredito que se fenômenos aparentemente sobrenaturais existem, sua causa pode... *deve* ser atribuída a alguma lei natural, talvez não previamente reconhecida, mas tão comum e verdadeira quanto a lei da gravidade. No entanto, tia Jane, eu sei que você também teve algumas experiências bastante curiosas. Você me contou um pouco sobre elas no ano passado, e, se pareci considerá-las levianamente, que Deus me perdoe, pois tenho passado por algo parecido nas últimas noites. Mas, agora, isso não importa. Você me disse que tem tido algum tipo de visão e ouvido vozes...

— Conversei com o fantasma de seu avô — interrompeu a tia com uma firmeza abrupta.

— Muito bem. Você conversou com o fantasma do meu avô. De acordo com o que está me dizendo, tia Jane, você deve ser o que os espíritas chamam de "sensitiva". Agora, com todo o respeito e minhas sinceras desculpas, não tenho fé suficiente na veracidade de um médium profissional para confiar a um deles uma certa experiência que quero fazer. No caso desta caixa — ele olhou para a coisa verde que estava sobre seus joelhos e estremeceu um pouco — no caso desta caixa, qualquer pessoa que seja "sensitiva" – mesmo que apenas ligeiramente, e no sentido estrito que demos à palavra – deveria ser capaz de provar ou refutar minha teoria.

— O que há na caixa que o incomodou tanto, Jack?

A voz de sua tia tornou-se subitamente tão gentil e simpática quanto, antes, havia se mostrado didática.

— Prefiro não lhe contar ainda. A Srta. Robinson e eu desejamos descobrir algo sobre sua história. Ouvi dizer que, às vezes, um médium pode... digamos... contar a história de um objeto simplesmente tocando-o...

— Mas eu não sou uma médium de forma nenhuma, Jack.

— Srta. Fellowes, — interveio Leila — por favor, a senhorita não poderia pelo menos tentar nos ajudar? Se a senhorita soubesse... se pudesse, de alguma forma, imaginar os terríveis... terríveis horrores...

Sua voz estremeceu, e ela parou de falar, mordendo os lábios. A Srta. Fellowes pareceu surpresa; a simpatia em seus olhos castanhos tornou-se mais profunda.

— Ora, ora, pobres crianças! Eu não tinha ideia de que havia algo tão terrível ligado ao caso. Certamente farei tudo o que puder para ajudar. Mas você não deve ceder ao medo, minha filha. Não há nada no mundo espiritual que possa machucá-la. Às vezes, as pessoas acabam se ferindo, mas simplesmente por seu próprio medo, e não por alguma influência maligna. Eu mesma aprendi a não temer nada. Acho que posso dizer, com sinceridade, Srta. Robinson, que não há nada neste mundo ou no outro do qual eu tenha medo!

E ela realmente não parecia temer nada, sentada ereta, com os ombros para trás, completamente rígida e séria, a não ser pela reveladora bondade em seus brilhantes olhos castanhos. De alguma forma, apesar de toda a sua conversa sobre espíritos, havia uma praticidade na Srta. Jane Fellowes que tornava sua presença tranquilizadora.

— O que exatamente você queria que eu fizesse, Jack? Claro, você não deve esperar que eu entre em alguma espécie de transe. Como eu disse antes, nem mesmo pretendo ser uma médium de verdade.

— Bom, para começar, você pode pegar a caixa em suas mãos. E, então, se você... hã... vir alguma coisa, poderá descrevê-la para nós.

Apesar das experiências recentes, Vanaman sentia-se um tanto quanto tolo em relação ao caso. Ele desejava que a ideia de convidar sua tia nunca tivesse lhe ocorrido. Muito metodicamente, ela tirou as luvas de seda preta, dobrou-as e colocou-as na bolsa. Suas mãos, observou Leila, eram lindas – não o tipo de mãos que se esperaria daquelas feições severas, quase duras. Longas, esbeltas e delicadas, havia temperamento em cada um de seus traços.

— Pode me passar a caixa agora, Jack.

Fascinada, Leila observou o médico, com certa relutância, colocar sua odiada carga nas mãos estendidas para recebê-la. O que resultaria daquilo tudo? Haveria alguma chance de eles estarem prestes a descobrir o terrível segredo que fazia daquela coisa nebulosa e parecida com uma esmeralda uma ameaça à sanidade, no mínimo – isso se não se tratasse de algo ainda mais perigoso?

— Ela é extremamente bela — comentou, de forma positiva, a Srta. Fellowes. Ela virava a caixa, admirando seus tons verdes cambiantes. — Ah! Você a estava segurando de cabeça para baixo, não estava? O que significa essa inscrição vermelha na tampa?

— Não sei. Devolva-me essa coisa, tia Jane. Fui tolo ao esperar resultados de uma experiência dessas e não gosto de vê-la segurando-a!

— Ora, Jack, você está realmente com medo desta caixa, não é? Meu querido menino, não há nada nas experiências psíquicas que possa prejudicar alguém. Se esta linda caixa é assombrada pelo espírito inquieto de algum antigo proprietário, tenho certeza absoluta de que nós não temos nada a temer. Tais aparições, Jack, são causadas pelo esforço que as almas presas à Terra fazem para ser vistas e reconhecidas novamente no mundo material. Espíritos dessa ordem devem ser dignos de pena, e não temidos.

— Tia Jane, estou lhe dizendo que isso não é uma questão de fantasmas andarilhos. A aparição que assombra a caixa não é humana.

— Ah, não? Realmente, você está despertando muito a minha curiosidade. Talvez um dos elementais esteja pregando peças em você. Raja Ramput, um de nossos maiores professores, disse-me com seus próprios lábios que tinha visto um elemental do fogo – a essência espiritual do fogo, se é que me entende – brincando pela sala onde uma sessão acontecia e que, aparentemente, acabou queimando as cortinas. Mas nenhum dano real foi causado. Os elementais são travessos e gostam de assustar as pessoas sempre que podem. Mas eu sei muito bem que não há nada a temer. Agora, vou fechar os olhos e tentar deixar minha mente completamente vazia. Se alguma ideia ou visão definida surgir para mim, eu os avisarei.

Sentando-se muito ereta e rígida e segurando a caixa no colo, os dedos longos e delicados descansando levemente sobre a inscrição escarlate, ela fechou os olhos. Seguiram-se vários minutos de silêncio mortal. A Srta. Fellowes ficou tão imóvel quanto uma escultura, chegando a parecer-se com uma.

Ocorreu a Vanaman que quaisquer das terríveis qualidades que a caixa possuísse poderiam muito bem ser mantidas sob severa repressão enquanto ela permanecesse sob os cuidados de sua tia Jane.

Então, Leila soltou um grito baixo, e o médico quase saltou da cadeira com o susto. Havia motivo para consternação.

Sobre aquelas feições sérias e obstinadas, ocorreu uma terrível e repentina mudança. Cada gota de sangue da Srta. Fellowes parecia ter abandonado seu rosto instantaneamente, seus lábios tornaram-se azuis esbranquiçados, e uma expressão tão terrível de medo se via cravada no fundo dos seus olhos recém-abertos que Vanaman poderia jurar nunca ter visto algo semelhante em qualquer outra criatura viva.

— Ah... que... horrível! — A voz era um grito áspero, duro e irreconhecível. — Que coisa horrível! As cidades... as cidades escarlates ruindo... desabando. Salvem-me! Ó, Deus, ninguém vai me salvar? Lá está ele! Lá! É ele, estou lhes dizendo! O arcanjo. Ó, Deus... é o arcanjo! O arcanjo do abismo...

Dando um salto para a frente, o médico arrancou a caixa verde das mãos dela e atirou-a sobre a mesa. Em seguida, segurou a tia nos braços, bem a tempo de evitar que ela caísse de lado no chão.

Jane Fellowes, tão segura de sua coragem para enfrentar qualquer fenômeno anormal e que "não temia nada neste mundo ou no outro", desmaiara de puro terror.

CAPÍTULO IX
UMA PROPOSTA OUSADA

E, uma vez mais, Leila e o Dr. Vanaman viram-se sozinhos com um problema não apenas sem solução, mas que agora parecia ainda mais sinistro por seu surpreendente efeito sobre uma pessoa com o caráter anteriormente tão destemido e determinado como a Srta. Fellowes.

Sob o efeito de revigorantes aplicados às pressas, ela logo recuperou a consciência e, fisicamente, parecia pouco afetada pela sua experiência. Mas qualquer que fosse a estranha visão que tivesse passado diante de seus olhos fechados, ela não conseguia se lembrar do que acontecera com clareza ou, literalmente, não ousava descrevê-la. Ao recordar a hesitação de Leila – e a sua própria – em expressar em palavras a causa de seus piores receios, Vanaman imaginou que essa última razão para a sua reticência poderia ser a verdadeira.

Ele não tinha coragem de questionar sua tia com mais veemência. Ela estava trêmula e abalada, como se estivesse em estado de choque, e ele sentiu-se compadecido de autocensura por ter arrastado deliberadamente outra vítima inocente para aquela influência maligna da caixa verde.

Leila, embora com temores secretos por conta do tio, insistiu com a Srta. Fellowes para que permanecesse com eles até o dia seguinte, mas a tia do Dr. Vanaman estava cansada – mais: simplesmente exausta – daquela casa. Alguns poucos minutos pareciam ter-lhe roubado qualquer pretensão de coragem, e a mera proximidade da caixa verde parecia causar-lhe a mais violenta angústia.

Ela assegurou vagamente ao sobrinho que havia passado por uma experiência que a curara de uma vez por todas de qualquer inclinação ou interesse pelo ocultismo. Implorou-lhe que saísse daquela casa com ela, prometendo nunca mais voltar, e, com a recusa dele, insistiu em ir embora imediatamente.

Como a promessa solene de Vanaman proibia-o de abandonar suas responsabilidades, Leila ordenou que preparassem o carro, e ela própria acompanhou a pobre mulher até a estação ferroviária, de onde ela partiu no primeiro trem para Nova York.

Ao retornar, Leila encontrou o médico ainda na biblioteca, muito meditativo e deprimido, embora a tenha cumprimentado, tentando parecer tranquilo.

— Arcanjos e cidades escarlates são um novo desenvolvimento — sorriu ele.

— Não necessariamente — ela o corrigiu.

— Não? A senhorita chegou a ver...

— Nada que o senhor não tenha visto. Mas acho que esqueceu ou, talvez, tenha deixado passar alguma coisa. Espere um pouco.

Ela chamou Frisby, e, quando o homem apareceu, pediu-lhe que trouxesse a edição vespertina do *Inquirer* do dia anterior. Ele conseguiu ressuscitá-lo de algum lugar nos fundos da casa, e, mais uma vez a sós, a jovem apontou para uma frase do artigo sobre a morte de Lutz.

> "O homem, bem-vestido, mas sem chapéu e cheio de lama no corpo – e, segundo Dolan, com os olhos bastante arregalados –, murmurou algo como resposta – apesar de os salva-vidas só terem conseguido entender uma certa referência a um 'arcanjo' – e continuou andando."

— Está vendo? — comentou Leila, calmamente.

— Não vejo nada — protestou Vanaman, mexendo nos seus cabelos castanho-avermelhados até que eles se arrepiassem descontroladamente. — Arcanjos... Cidades escarlates... Tudo isso apenas confunde os poucos pensamentos coerentes que eu tinha acerca do caso. Lutz murmurou algo sobre um arcanjo. Mas por que ele seria obrigado a sacrificar um cavalo branco a um arcanjo?

Os olhos de Leila se arregalaram.

— Está me dizendo que aqueles dois homens compraram cavalos brancos para sacrificá-los?

Vanaman assentiu, com um ar de completa tristeza.

— Certamente. Em toda a antiga adoração ao deus mar, fosse sob o antigo nome grego de Poseidon, fosse como o romano Netuno, touros pretos e cavalos brancos eram considerados as oferendas mais desejáveis. Eu tinha uma suspeita bastante clara quanto ao objetivo de Lutz quando li esse artigo pela primeira vez. Ele não usou a faca para atacar o salva-vidas, como está escrito. Ele atacou o cavalo, e não Dolan. Ele pretendia cortar a garganta de Espelho ali na praia e, ao falhar na tarefa, parece ter enlouquecido de vez e se afogado. Quando nos encontramos com Blair no rio, ele estava ocupado em uma tarefa semelhante. Eu não interferi, porque tinha medo de precipitar o mesmo resultado. Ele conseguiu fazer sua oferenda, e Deus permita que isso lhe traga paz! Embora seja um costume extremamente pagão, estou começando a entender como eles podem ter sido levados a isso. Mas Poseidon, o deus dos mares, não era um arcanjo. Onde entra o tal arcanjo?

Leila não respondeu, e ele percebeu que ela encarava fixamente, com um olhar estranho e fascinado, as profundezas do verde translúcido. Ele pegou a caixa da mesa, colocou-a debaixo do braço e levantou-se.

— Você, pelo menos, não vai precisar ser sacrificada, Srta. Robinson! Se eu lhe jurar que, sob nenhuma circunstância e por nenhuma razão, imaginável ou não, abandonarei seu tio enquanto ele mantiver esta caixa, a senhorita, por sua vez, concorda em sair daqui por um tempo? Sei que tem outros parentes com quem poderia ficar. Vá até eles! Estou lhe pedindo, lhe implorando, vá!

A mulher balançou a cabeça, sorrindo. Essa não era a primeira vez que Vanaman expressava tal apelo, mas a sua "fada do luar" – como ele a chamava em suas fantasias – possuía uma resolução tão firme quanto a de seu tio, embora de qualidade diferente.

— Eu não poderia abandonar meu tio — ela respondeu. — Ele depende de mim de muitas maneiras e precisa de mim agora, creio eu, mais do que nunca. Não posso ir, mas o senhor pode. Não há nenhuma obrigação que o mantenha aqui, Dr. Vanaman.

Ele se virou de costas para ela, com a cabeça ligeiramente inclinada. Às vezes, a melhor e mais inocente das mulheres administra uma facada lancinante, sem nenhuma consciência de tê-lo feito.

— Prefiro ficar — disse ele, em voz baixa; e, levando a caixa para os aposentos que dividia com seu patrão, passou o resto da tarde sozinho com ela.

Robinson voltou tarde, cansado e com um humor anormalmente rude. Sua disposição encontrou a vítima apropriada no homem que ele mantinha por aquele vínculo tênue, mas inquebrantável. Juiz implacável e administrador de homens como sempre o fora, o velho falcão estava tão certo da permanência de Vanaman quanto da de Leila – e, como, à sua maneira peculiar, ele realmente amava a sobrinha e pouco se importava com o médico, a jovem foi categoricamente dispensada da presença do tio, e Vanaman recebeu todos os efeitos do mau humor gerado pelas condições nas fábricas de motores.

Foi um martírio desagradável, e, antes que a tarde terminasse, o médico passou a odiar Robinson como jamais imaginara ser possível odiar outro ser humano.

Embora o dia tivesse estado claro, a noite prometia outra tempestade. Ao adentrar a madrugada, a promessa foi cumprida com uma violência que pareceu abalar a própria terra: e, acordado, na expectativa, Vanaman achou difícil reprimir e banir certas concepções tolas.

No entanto, em um aspecto aquela noite fora melhor do que todas as outras que ele passara ali. Breves períodos de sono visitavam-no ,e, depois de cada um deles, o médico despertava, assustado, trêmulo e alerta; mas nem uma única vez sequer o silvo ameaçador daquela aproximação fantasmagórica e terrível se misturou aos sons da chuva, que açoitava violentamente as vidraças.

Na verdade, se Vanaman estivesse disposto a aceitar a mesma crença que ele suspeitava ser mantida por Robinson, poderia imaginar que a coisa desumana que reivindicava a caixa verde estava usando todo o seu poder de outras maneiras, sem que lhe sobrasse forças para alucinações vazias. De qualquer forma, imagens sombrias passavam diante de sua mente.

Enquanto a casa tremia nas garras daquela tempestade fora de época, ele via com os olhos da sua mente uma escuridão invencível e voraz, que brilhava com um tom verde translúcido quando a lança do relâmpago reluzia sobre ela. Sobre a ampla curva do globo, ela rugia, faminta, e as cristas de suas ondas monstruosas eram atiradas em direção às nuvens, como uma miríade de crinas rasgadas pelo vento de cavalos brancos em disparada.

Eles se lançaram na terra, e a terra desapareceu sob seus cascos estrondosos. Um lamento surgiu na noite; a terra balançou e estremeceu; montanhas transformaram-se em poderosas labaredas de fogo; e, à luz saltitante daquelas terríveis tochas, ele viu toda a raça dos homens gritar até ser devorada, varrida, sem poder fazer nada. Ele viu a terra escancarar bocarras que engoliam cidades inteiras, deglutindo-as de uma só vez, e fechando-se novamente. E, onde antes havia cidades – as dez cidades escarlates e brilhantes –, surgiam e bradavam suas hostes de crina branca.

Vanaman forçou-se a despertar mais uma vez e olhou para o outro lado da sala, carrancudo, para a caixa verde apertada com violência por duas mãos que pareciam garras. Melhor ficar acordado do que sonhar assim.

O dia finalmente voltou, e, novamente, o açoite da tempestade descansou. De norte a sul, ao longo da vasta extensão da costa atlântica, homens praguejavam, choravam, contavam seus mortos e ponderavam acerca do futuro.

O velho Jesse J. Robinson dormia como uma criança, mas o humor um pouco melhor com que acordara foi rapidamente arruinado pelas notícias da manhã. Com o rosto sombrio e os olhos de aço semicerrados, ele lia sobre a devastação causada pelo mar enquanto dormira.

Observando-o do outro lado da mesa do café da manhã, Vanaman pensou em quanto ele se parecia com algum velho e sombrio ditador de uma cidade, lendo os despachos que falavam das conquistas de algum forte inimigo. Ou de uma cidade sitiada, bela e escarlate que jamais cederia.

O médico provocou um chacoalhão mental em si mesmo. Pelo amor de Deus, o que estava acontecendo com ele? Continuamente, como uma sucessão de imagens pequenas e brilhantes, as ideias e fantasias mais estranhas marchavam através do fundo sombrio de um cérebro exausto. Ele nem sequer ousava inspecioná-las muito de perto. Lembrou-se, então, de Lutz e Blair. Aquele mesmo destino estava em seu caminho? Em seguida, olhou para Leila e esforçou-se para se firmar. Seu papel era protegê-la a qualquer custo.

Pouco depois, Robinson partiu para a sua amada fábrica de motores – ou assim supôs Vanaman.

Dessa vez, porém, a tarefa do velho falcão provara ter sido bem diferente daquela do dia anterior. O médico acreditava estar insensível a qualquer surpresa e relativamente à prova de choques; mas o anúncio feito por Robinson ao retornar, algumas horas depois, sobrecarregou seu controle ao máximo.

Ao entrar, o velho cumprimentou Leila com um ar um tanto quanto preocupado e, em seguida, acenou para Vanaman.

— Quero conversar com você a sós, doutor — disse ele brevemente, e abriu caminho para seu escritório.

Sentou-se, então, gesticulando para que o médico fizesse o mesmo.

— Agora — começou ele — quero lhe fazer uma pergunta muito importante. Quero que pense duas vezes e olhe bem nos meus olhos antes de me responder... Você parece ter habilidades para fazer qualquer coisa, um homem justo, honesto e incapaz de desistir por nada nesse mundo... Posso contar com você, com toda a segurança?

Vanaman parecia bastante entediado, e seus olhos se estreitaram ligeiramente.

— Eu realmente não saberia dizer — disse ele, lentamente. — O senhor terá de julgar por si mesmo, Sr. Robinson.

Um sorriso relutante apareceu por um instante na boca do velho.

— A julgar pela curta experiência que tive com você, devo dizer que sim. Mas, se houver a menor suspeita de qualquer vestígio de covardia, se por acaso você vasculhar lá no fundo do seu ser, então aceite o conselho do velho Robinson e vá embora agora mesmo, enquanto ainda tem chance. Pois vou lhe dizer uma coisa, filho: você acha que já foi feito de gato e sapato e que já passou por poucas e boas... e tem razão; mas, se persistir agora, já vou lhe avisando, o pior ainda está por vir, e tudo o que se passou aqui vai ficar parecendo brincadeira de criança! Entendeu?

O médico fez uma careta.

— Se o senhor tivesse o mínimo de decência e fosse honesto com um homem que - como o senhor mesmo admite - fez o máximo que pôde sem saber de nada, esse homem poderia não apenas compreender, mas também lhe ser muito mais valoroso.

— Ah, sim? Mas isso é outra coisa que cabe a mim julgar, e meu julgamento é diferente do seu. Você suspeita do que estamos enfrentando, mas, no tolo orgulho de toda a sua escolaridade e do seu conhecimento de livros, você se recusa a acreditar em suas suspeitas. Está tudo bem. Você não é o velho Jesse Robinson, e, se soubesse a verdade e acreditasse nela, acho que procuraria o buraco mais próximo para se esconder e não me serviria para mais nada. Mas vou lhe dizer uma coisa, e você poderá fazer o que quiser com esta informação: o que eu quero eu consigo, e o que consigo eu mantenho. Esse sempre foi meu lema, e pretendo que continue a ser. Mas, por outro lado, não sou tão mau quanto algumas pessoas me consideram. Não tenho como objetivo ver cidades inteiras de pessoas arruinadas por conta desse negócio. A briga é entre mim e ele, e estou disposto a deixar que assim seja. O que ele consegue ele mantém; e o que eu consigo eu mantenho. Se ele conseguir tirar essa caixa de mim, tudo bem. Mas não acho que ele consiga, e é por isso que está se servindo de assassinatos: para tentar me fazer desistir dela. Para testar minha tese, de forma justa e sem acarretar mais danos à propriedade e à vida – meios que ele achou por bem utilizar –, fiz algo que pode ou não assustar você – dependendo de quão forte é sua crença na verdade e de quanto eu posso contar com você, até a morte... assim como conto com Leila e comigo mesmo.

O rosto do velho iluminou-se com uma ousadia sombria e profana, e seus olhos de aço brilhavam enquanto vagavam pela sala. Então, por fim, pousaram na caixa.

— Vamos para o mar, meu filho — anunciou ele, de repente. — Eu, esta beldade verde aqui comigo e você - se tiver coragem – vamos ao encontro daquele que quer minha propriedade, de uma forma justa e aberta. Não há ninguém nem nada que possa enganar ou intimidar o velho Jesse Robinson. Meu objetivo é dar provas disso. Sei de um navio de primeira classe que está nas docas. Seu nome é Nagaina, e ele foi construído para executar trabalhos pesados no Norte. Disseram-me que essas tempestades ainda não conseguiram afundá-lo, e, por isso, acho que se trata do meu barco. De qualquer forma, já o fretei para um cruzeiro de dois meses e pretendo embarcar nele ainda hoje. Agora, meu jovem, você vai comigo? Porque, se não estiver disposto a ir, sei que Leila está e vou levá-la no seu lugar!

CAPÍTULO X
DE SAÍDA

Mais tarde, dos fatos que realmente ocorreram durante o resto daquele dia, o Dr. Vanaman tinha apenas uma vaga e confusa lembrança. Talvez a falta de sono o estivesse afetando mais do que em condições normais. Ou, talvez, o seu medo da manhã não fosse completamente infundado, e aquilo que levara dois indivíduos tão comuns quanto Blair e Lutz a oferecer sacrifícios pagãos também estivesse começando a gravar nele o seu selo mortal.

É certo que, durante toda aquela longa tarde – bastante movimentada para os outros, mas vagamente ociosa para o fiel guardião da caixa verde –, ele nem sequer percebeu nem pensou no que vinha acontecendo consigo. E ousou fechar os olhos por um estranho instante, fazendo com que visões fugazes surgissem por trás de suas pálpebras.

Tinha feito sua escolha, embora, para ele, não houvesse nenhuma escolha a fazer. Fosse qual fosse a verdade, a louca viagem que Robinson havia proposto traria exatamente aquilo que Vanaman desejara em vão. Leila não abandonaria o tio, mas seu tio a estava abandonando, e, nesses termos, Vanaman estava disposto – para não dizer ansioso – a acompanhar a caixa verde e seu dono até o inferno, se preciso fosse.

Embora ele mal conseguisse acompanhar o que vinha acontecendo, aquela foi uma tarde animada e emocionante para muitas pessoas. Quando Robinson decidia fazer preparativos às pressas, via de regra eles eram cumpridos, já que a capacidade de execução do velho falcão e a habilidade de extrair das pessoas esforços que surpreendessem a si mesmas – mas não a ele – eram marcas de sua teimosia e de sua indiferença às vontades ou prazeres de qualquer um que não fosse Jesse J. Robinson.

Felizmente, por conta de sua súbita decisão, o Nagaina já se encontrava cheio de carvão, totalmente tripulado e parcialmente abastecido. Era um navio pequeno, mas robusto, projetado para combater os mares perigosos e infestados de gelo do extremo norte. Anteriormente usado para o transporte de cargas e passageiros nas águas do norte do Canadá, havia sido contratado para esse serviço por um jovem ambicioso e rico, que se equipara para uma expedição.

A morte súbita do jovem em um acidente ferroviário fez com que o Nagaina se tornasse um bem inútil de seu patrimônio, e os administradores de sua herança ficaram encantados ao receber a oferta inesperada de Robinson. Os termos sob os quais ele os libertava daquele elefante branco incluíam uma afobação na transferência da posse que lhes tirara o fôlego, mas o velho milionário já tinha realizado um ou outro negócio excêntrico antes na vida e sabia como fazer com que as coisas acontecessem.

Seus próprios advogados, muito bem treinados para executar qualquer tipo de comando repentino e complicado, encontraram-se com os administradores e engalfinharam-se com eles. O testamento ainda não havia sido homologado, mas foi descoberta uma brecha mais ou menos legal que tornava possível aos administradores agir de forma emergencial. Eles se viram coagidos a fazê-lo, e utilizaram com o juiz de sucessões essa linha de raciocínio que lhes fora concedida gratuitamente, fazendo com que a propriedade do barco fosse transferida e o cheque de Robinson fosse descontado antes mesmo que lhes ocorresse que poderiam ter exigido um bônus extra por uma celeridade tão indecorosa.

O que não queria dizer que Robinson não tivesse pagado caro por essa singular excentricidade; mas, como sabiam que ele poderia pagar, seus advogados não ficaram preocupados com esse pormenor. Triunfantes, eles entraram em um táxi, dirigiram-se sem demora para a residência do patrão e, ali, passaram um pouco mais de tempo recebendo instruções muito precisas sobre como lidar com seus negócios pessoais em sua ausência e, particularmente, no caso de ele jamais retornar. Eles podem ter se questionado com mais profundidade, como o resto do mundo, acerca da esquisitice que levava Robinson a empreender uma "viagem de prazer" tão repentina – ele mesmo a chamara assim – e em um navio como o Nagaina. Mas, de qualquer forma, guardaram seus questionamentos para si. Se não fossem sábios o suficiente para evitar quaisquer indagações supérfluas, não seriam advogados de Jesse J. Robinson.

Enquanto isso, nas docas, um capitão dos mares corpulento praguejava, e estivadores, ainda mais corpulentos, suavam. A ordem para completar o abastecimento do Nagaina e prepará-lo para liberação imediata fora recebida pelo capitão Porter com aborrecimento e consternação.

— Um iate! — rosnou ele, desgostoso, para seu imediato. — Fizeram do meu barco um maldito iate. Somos obrigados a carregar um maldito milionário em uma viagem de lazer! O tempo todo vamos ouvir: "Capitão, vamos seguir para Bar Harbor" e "Capitão, mudei de ideia, em vez disso vamos para as Bahamas" e "Capitão, monte uma tenda no convés, quero fazer meu sono de beleza lá". Conheço bem esse tipo de gente! Certa vez, fui segundo imediato em um barco de passageiros nas Bermudas, e não há como agradá-los. Vou desembarcar para comprar umas fitas rosa e azul, Sr. Crosby e, quando eu voltar, você pode amarrá-las ao redor dos funis do navio, antes que o nosso novo patrão pense em fazê-lo. Talvez isso seja de seu agrado. Que inferno!

Crosby ouvia tudo aquilo com um largo sorriso, sem compartilhar dos sentimentos amargos de seu superior. Uma viagem de prazer, mesmo com o mais exigente dos milionários a bordo, parecia-lhe preferível às duras adversidades do norte gelado.

Às 6 horas em ponto, começaram as esperadas provações do capitão Porter. Um barco vindo do cais da cidade trouxe um certo sujeito que se apresentou como criado de Robinson e exigiu que lhe mostrassem a cabine que seu mestre ocuparia, começando então a reorganizá-la e embelezá-la de uma maneira tal que simplesmente completou o desgosto de Porter e causou no imediato que o ajudou na tarefa uma admiração inesperada. O tal homem trouxera um carregamento cheio de "tralhas tolas e afeminadas" – a forma como Porter chamara os colchões macios, as colchas de seda, os lençóis finos e outros luxos com os quais a pequena e vazia cabine, naquele momento, resplandecia inadequadamente. Um conjunto de jantar de Sèvres completo, com prataria combinando, foi a gota d'água. Porter subiu o passadiço tomado de tristeza.

— Por que esse sujeito não fretou um iate de passeio? — lamentava ele a seu imediato, que ainda exibia um sorriso estampado no rosto. — Por que ele veio me importunar? Por que não alugou um iate de passeio, todo feito de mogno e cobre? É só isso que eu gostaria de saber!

Perto das 8 horas, Robinson entrou na sala onde o Dr. Vanaman meditava sozinho, diante da sua responsabilidade.

— Estamos de partida — disse ele, sem rodeios. — Está pronto?

Como o médico não respondeu, ele se aproximou, agarrou-o pelo ombro e sacudiu-o. — O que está acontecendo com você? Está dormindo?

Vanaman pôs-se de pé, aos tropeções.

— Estou cansado — disse ele, pesadamente. — Mas pronto para ir.

O milionário lançou-lhe um olhar penetrante, quase preocupado, mas não fez nenhum comentário, e os dois dirigiram-se até o carro, que os esperava no pátio. Nesse meio-tempo, Vanaman tinha uma vaga consciência de que algo estava errado ou faltando na sua partida. Não era a caixa verde. Ele a estava carregando em sua bolsa de mão de couro. Seria o seu chapéu? Não, ele o tinha na cabeça. E haviam arrumado sua bagagem pessoal mais cedo, levando-a junto com as coisas de Robinson. O que seria, então? Ele não conseguia adivinhar o que era e, por puro cansaço, parou de tentar.

O chofer mantinha aberta a porta do carro, e, quando Robinson empurrou seu companheiro para a frente, ele tropeçou e quase caiu no banco traseiro.

— O que está acontecendo, Dr. Vanaman? Está doente?

Aquela voz baixa, arrastada e doce. Agora ele sabia o que havia de errado, de quem ele havia sentido falta. Leila não se despedira deles, e não era de admirar! O velho falcão o havia enganado. Ele nunca teve a intenção de deixar a jovem para trás. Por um instante, impulsionado pela indignação, seu estupor se dissipou, e ele se viu protestando furiosamente.

— A senhorita está aqui! Mas não vai conosco! Não vai! Eu... eu a proíbo...

— Já chega, meu filho — rosnou Robinson. Ele entrou e sentou-se; o chofer, que já tinha todas as indicações de que precisava, fechou a porta, e, no instante seguinte, eles seguiam pela alameda.

— Leila queria vir — continuou o velho, com toda a serenidade — e eu não acho que caiba a você proibir ou ordenar que minha menina faça qualquer coisa que ela e eu decidirmos. Entendeu?

— Eu... acho que sim.

O cansaço entorpecedor tomou conta dele novamente, e foi agradável recostar-se naquelas almofadas macias e sentir a proximidade quente e delicadamente perfumada de... de uma mulher que um dia ele conhecera, adorara e de quem se compadecera. Mas isso tudo, é claro, tinha acontecido havia muito tempo.

— Neblina! — rosnou uma voz. — Maldição, teremos que ficar parados no rio até que fique claro. Poderíamos muito bem ter ficado em casa! — Novamente despertado por um instante, Vanaman viu que as janelas do carro estavam cobertas por uma espessa névoa branca, através da qual as luzes das lojas e dos postes de luz brilhavam de forma nebulosa e oscilante. Estavam, agora, na parte baixa da cidade, aproximando-se das docas.

Pouco tempo depois, o carro passou por um portão aberto e percorreu parte do longo trecho de um cais público, parando em seguida. O motorista apareceu à porta.

— Vai descer aqui, senhor?

— Como é que eu vou saber? — retrucou o patrão. — Você não tem nada na cabeça, Murphy? Há quatro ou cinco ancoradouros neste cais. Vá descobrir em qual deles a lancha do Nagaina está esperando. Eu ordenei — acrescentou ele, enquanto o homem partia em sua missão — que a lancha nos encontrasse aqui por volta das 9 horas. Agora são 8h45, e ela já deve estar a postos… em algum lugar. Maldita neblina! Mal dá para ver um metro à frente aqui na costa.

Murphy voltou e entrou de novo no carro.

— Um pouco mais adiante, Sr. Robinson — informou ele por cima do ombro, assim que partiram.

Alguns segundos depois, pararam novamente. A figura alta e indistinta de um homem surgiu, cinzenta e ameaçadora, ao lado da porta. E ele a abriu sem esperar pelo motorista.

— É o Sr. Robinson? Estamos à sua espera, senhor.

Sua voz era baixa, profunda e bem modulada, embora a neblina lhe conferisse um som abafado e distante.

— Pode me ajudar? — ouviu-se o rosnado habitual de Robinson. — Assim está melhor. Caramba, você não tem o mínimo de bom senso, agarrando meu braço desse jeito? Você quase o quebrou!

— Peço perdão, meu senhor.

A figura indistinta relaxou sua pressão avassaladora, recuando um ou dois passos. Leila, que estava mais próxima da porta do outro lado, saiu sem dificuldades e virou-se.

— Dr. Vanaman! Tio Jesse, acredito que o médico esteja doente! Ele não se mexeu nem disse uma palavra desde que saímos de casa.

— Bobagem! Deve estar dormindo de novo. Ei, doutor, acorde!

Ele se inclinou sobre Vanaman e sacudiu seu joelho.

— Já vou.

Vanaman tinha ouvido cada palavra dita, mas, por conta da forte sonolência que o dominava, preferira ficar sentado, quieto. Parecia que, agora, queriam algo dele. Ele conseguiu cambalear até o cais e ficar ali, parado, dormente.

— Onde está aquela bolsa? Ora, você a deixou no banco! Francamente! Bom, já que está com tanto sono que nem sequer sabe o que está fazendo, acho que vou cuidar dela eu mesmo. Isso é tudo, Murphy. Leve o carro de volta para casa e tome cuidado! Não vá ficar gastando minha gasolina andando por aí enquanto eu estiver fora.

— Não, senhor.

Murphy tocou no seu quepe e, lentamente, recuou ao longo do cais bastante estreito. Os faróis projetavam cones de luz em forma de funil através das camadas de neblina que flutuavam devagar por sobre o rio, e um dos tais cones pousou por um longo momento sobre a figura indistinta que tinha vindo ao encontro do carro. Sua cabeça estava descoberta, o rosto, barbudo, e o sujeito parecia estar envolto em uma longa capa cinza. Então, com seu tom profundo e abafado, ele voltou a falar:

— Quer subir a bordo agora, senhor? Tudo já foi preparado, e estamos prontos para velejar com a maré vazante.

— Velejar? — repetiu Robinson. — O Nagaina não é um navio a vapor?

— Ah, sim. O Nagaina é um navio a vapor. Mas trabalhei durante muito, muito tempo em navios a vela e essa palavra facilmente escapa de meus lábios. Por favor, perdoe-me.

— Pff! Você é um oficial, não?

— Tenho a honra de ser capitão, senhor.

— Ah, capitão Porter? Por que não me disse imediatamente? Acha que é capaz de descer o rio em meio a essa neblina fechada?

— A neblina não interferirá em nossa navegação, senhor. Se tiver a gentileza de me acompanhar, descendo estes degraus, eu o ajudarei a entrar no pequeno barco que está à nossa espera.

— Ora, essa! Não precisa ser tão cheio de cerimônias — resmungou Robinson. — Doutor... Maldito idiota! Acho que ele está dormindo de novo! Ei, doutor, acorde!

Vanaman assustou-se e endireitou o corpo, dessa vez despertando o suficiente para oferecer a Leila sua ajuda para descer os poucos degraus de madeira que levavam até uma pequena plataforma flutuante no mesmo nível da água. O pequeno barco que o capitão mencionara estava atracado logo ao lado. No entanto, não se tratava de uma embarcação a gasolina, como Robinson esperava, mas um barquinho a remo. Em meio à neblina, podiam-se discernir vagamente três remadores que ocupavam seus bancos, enquanto o quarto membro da equipe os esperava na plataforma, segurando uma lanterna.

Sem se dar conta de tudo aquilo, Vanaman observou que não se tratava de uma lanterna comum de navios, mas de um aparato cúbico com uma estrutura ornamental de ferro forjado que formava uma treliça sobre painéis laterais que poderiam muito bem ter sido feitos com chifres antigos – e não com o habitual vidro –, tão fraca e amarela era a luz emitida de seu interior.

— Se o senhor se sentar naquele banco à frente...

— As damas, primeiro — retrucou Robinson, agitado. — Entre, Leila.

O capitão alto fez um gesto repentino, quase como se quisesse impedir a mulher de obedecer. Mas Leila era rápida: movimentava-dr agilmente e já havia embarcado e ocupado o lugar indicado antes que ele pudesse fazê-lo. O velho falcão entregou-lhe a bolsa de couro que continha sua presa e, no instante seguinte, estava sentado ao lado da sobrinha. Quando Vanaman quis segui-lo, porém, o capitão agarrou-lhe o braço com o mesmo apertão forte que fizera Robinson se queixar.

— Sinto muito, senhor — disse ele, com firmeza. — O barco não conseguirá levar tanta gente, Sr. Robinson. Depois que tivermos colocado o senhor e a jovem a bordo, haverá tempo suficiente para voltarmos para buscar este cavalheiro. Pelo que entendi, o senhor tem muita pressa para chegar ao mar. Mas um atraso tão pequeno pouco importará, e, além disso, uma vez que tenhamos partido, havemos de navegar com considerável rapidez, já que a maré nos levará com ela... a maré vazante.

— A maré vazante — ecoou, com seriedade, o homem com a lanterna.

E, como uma confirmação emocional das palavras do capitão, as águas escuras que corriam borbulhantes e irrequietas pelo cais sacudiram fortemente a proa do barco, fazendo-o balançar repentinamente para fora. O homem da lanterna subiu a bordo, apressado, e sentou-se no assento do quarto remador. O capitão alto deu um empurrão em Vanaman que o levou a tropeçar nos degraus e, em seguida, deu um enorme salto por sobre os dois metros de correnteza que já se interpunham entre o barco e a plataforma.

Fez um pouso perfeito, postando-se na borda da popa. Vanaman, cambaleando, teve um vislumbre momentâneo do capitão como uma figura alta e cinzenta, delineada vagamente contra o brilho fraco da lanterna e muito parecida com um fantasma, por conta da névoa que os rodeava. O grito abafado, mas inconfundível de uma mulher assustada, chegou até seus ouvidos.

E, então, ele se viu sozinho no escuro, em uma pequena plataforma, sob a qual a água invisível fervilhava e corria. A maré... a maré vazante...

Como um véu se rasgando – ou como se, com a remoção da caixa verde, algum feitiço maligno tivesse sido retirado de sua mente –, o torpor dormente que durante horas possuíra Vanaman se dissipou e desapareceu por completo.

— Leila! Ah... Leila!

Saltando para a beira da plataforma, ele gritou o nome dela repetidas vezes. Não ouviu nenhum grito de resposta, mas, bem perto, logo atrás dele, na verdade, percebeu um barulho parecido com uma risada abafada. Ao se virar, ele colidiu com a pessoa que via motivo de alegria em seus gritos de pânico. Suas mãos se fecharam sobre ombros magros.

— Vá embora, meu amigo! Não estou procurando encrenca.

— Blair! — sussurrou Vanaman. Embora ele só tivesse ouvido o homem falar uma única vez antes, tivera plenas condições de imprimir o tom de voz dele em sua memória. Deixou pender uma das mãos de seu ombro, deslizando a outra até o braço do sujeito, segurando-o com firmeza. — Blair, é você! — ele falou, ofegante. — Por alguma maldita razão, você está por trás de tudo o que aconteceu! O que está fazendo aqui? Por que o barco do Nagaina levou aqueles dois e me deixou? Responda, ou... ou, por Deus, vou arrancar uma resposta dos seus lábios!

No escuro, sua mão livre encontrou a garganta do outro e fechou-a de forma decisiva. O homem lutou, mas sua resistência era tão fraca que, mesmo em meio a seu estado de exaustão,

Vanaman ficou subitamente envergonhado e relaxou a pressão sobre o pescoço do sujeito.

Ao mesmo tempo, o barulho de um motor que se aproximava com rapidez pulsava em meio à neblina. Misturado a tudo aquilo, ouviu-se o som de uma voz aflita e pesarosa.

— Pode desligar o motor, Sr. Crosby. O maldito cais está bem à frente. E, agora, imagino que vamos ter de esperar uma hora ou mais até que o milionário que fretou nosso barco apareça. Conheço bem essa gente! Sempre com uma hora ou mais de atraso. Mas talvez ele goste de saber que vim buscá-lo pessoalmente e que tenha tido de esperar por tanto tempo.

— Inferno!

Uma suspeita insuportável surgiu em Vanaman. Quando o formato da pequena lancha se materializou através da neblina, com as luzes vermelhas e verdes brilhando, ele saudou-a, perguntando, com a voz rouca:

— Do Nagaina?

— É o meu barco — concordou o outro, com uma voz resignada. — É o Sr. Robinson? Há algum Sr. Robinson esperando no cais? Porque, se houver, diga-lhe que toda a bagagem dele já está a bordo e que o capitão Porter desembarcou pessoalmente para lhe prestar as devidas honras e salamaleques que se espera do capitão de um iate… E isso deve deixá-lo satisfeito —acrescentou em voz baixa ao seu imediato, que já subia na plataforma com a lanterna na mão.

Mas, para Vanaman, as garras geladas do desalento haviam se estreitado com mais força.

— Pelo amor de Deus, volte para o barco!

Ele empurrou o estupefato imediato do Nagaina de volta para a lancha, seguindo-o e arrastando Blair junto com ele.

— O Sr. Robinson e sua sobrinha foram capturados... sequestrados! —anunciou, entredentes. — Outro barco esteve aqui... Outro homem, que disse ser o capitão Porter. Fui deixado para trás propositalmente e levaram os outros dois. Vamos para o rio... Rápido! Em algum lugar por lá há um pequeno barco ou um navio que pretende descer junto com a maré!

CAPÍTULO XI
O MARUJO JAMES BLAIR

O capitão "Tom" Porter, bastante conhecido e querido entre a leal e sincera fraternidade de sua própria classe, havia encontrado razões para melancolia na súbita mudança de proprietários que tornava o velho e robusto Nagaina uma embarcação de recreio, exigindo dele ao mesmo tempo as graças e – já que ele decidira aceitar tal posto – a submissão de um capitão de iate. Ao descobrir, no entanto, que canalhas desconhecidos haviam ilicitamente usurpado sua identidade – e a de seu navio – e, dessa forma, arrancado dele sua desprezada posição, o ponto de vista do capitão Porter em relação a tal posto mudou abruptamente. O capitão não poderia ter ficado mais indignado e ofendido se lhe tivessem roubado algum bem precioso e há muito desejado.

Jesse J. Robinson era seu... seu fretador! E as ideias do capitão acerca de direitos de propriedade pareciam condizer com as de Robinson.

O Sr. Crosby sugeriu que, antes de tentarem vasculhar o rio por conta própria, deveriam notificar a polícia portuária. O capitão praguejou e ordenou que ele voltasse para o Nagaina imediatamente.

— Podemos telegrafar para a polícia e todos os navios e estações ao longo do rio. Ninguém além de um criminoso ou um tolo vai se mover com um tempo desses. Não há de ser nenhum problema exigir que qualquer embarcação em movimento seja detida. Não sabemos exatamente qual é o maldito tipo dela, mas deve usar velas e ser de um tamanho médio, pelo corte da proa e do cordame dianteiro.

— Do que está falando? — interrompeu Vanaman. — Como sabe sobre seu cordame? Não pude ver nada além do pequeno barco.

— E nós vimos o tal barquinho e muito mais — foi a resposta inesperada de Porter. — Na verdade, passamos pelos seus malditos sequestradores no momento exato em que eles estavam içando o barco a bordo. O Sr. Crosby ali, sem saber que havia um navio atracado perto do Nagaina, quase estragou nossa proa em meio ao nevoeiro. Não faço ideia de como eles conseguiram chegar tão perto da gente sem o nosso conhecimento. Não havia nenhum sinal de navio ancorado em nenhuma parte ao redor do Nagaina quando a neblina baixou. Só percebemos sua presença quando vimos a carranca de proa em formato de golfinho bem em cima de nós. Eu gritei, o Sr. Crosby desviou e, por pouco, conseguiu se afastar do cabo da âncora. Eles estavam parados, mas prontos para uma fuga rápida – agora, sei disso. Quando nos viramos, vislumbrei, por apenas um instante, os contornos do seu cordame bem nítidos e pretos contra suas luzes de navegação. E eu os vi e ouvi içando seu barco sobre o pontal de bombordo. Então, a neblina ficou ainda mais densa, e não vi mais nada, mas, se aqueles não eram seus sequestradores, pode me chamar de farsante, e esqueçamos de tudo o que disse. É óbvio que eles têm algum tipo de combustível auxiliar, ou não seriam capazes de descer o rio sem um rebocador, com ou sem nevoeiro. Mas se trata de algum tipo de embarcação a vela, pintada de preto, com um golfinho vermelho como figura de proa e umas ondas e curvas engraçadas na popa, que nunca vi em nenhum outro barco. Será fácil identificá-la, uma vez que a capturemos.

— Como sabe que esse navio que está descrevendo não continua ancorado onde o viu?

— Tenho certeza disso! Se não está lá, já afundou, e acabamos de passar por cima deles. Sr. Crosby, o Nagaina está meio minuto acima nesse mesmo curso.

— Meio minuto, senhor — murmurou seu imediato, e os raios do leme se moveram um pouco sob suas mãos.

Vanaman percebeu que, por instinto – ou devido a um conhecimento bastante estranho para um homem da terra –, o capitão tinha certeza de sua posição naquele rio coberto pela neblina, como se fosse meio-dia sob um sol claro e brilhante.

— A propósito, — continuou Porter — quem é esse sujeito ao qual você se agarrou com tanta afeição? Alguém da gangue dos sequestradores?

Vanaman olhou para a figura dilapidada que jazia desanimada e silenciosa ao lado dele.

— Acredito que sim, embora não tenha certeza. Contarei-lhe tudo mais tarde, capitão. Este é o Nagaina, não é?

Uma amplidão negra, semelhante a uma parede, erguia-se acima deles, e, um minuto depois, Vanaman subia as escadas com uma agilidade impulsionada pela mais ávida ansiedade. Blair seguiu-o sem protestar, e o capitão Porter mal havia chegado ao convés e já enviara um de seus homens à procura do rádio transmissor e outro para buscar o engenheiro-chefe.

Esperava-se que o Nagaina partisse antes que a neblina se levantasse, naquela mesma noite. O piloto estava a bordo, e o fogo ainda estava abafado sob as caldeiras. O engenheiro prometeu vapor dentro de meia hora, e o piloto, embora não sem consideráveis protestos, finalmente consentiu em fazer o seu melhor para deslizar o Nagaina correnteza abaixo.

— Mas, se cairmos com a proa em um banco de lama, não venham me culpar —acrescentou ele, sombriamente. — Não sou nenhum artista com visão de raio-X para me manter no canal com um tempo desses.

— O maldito clima não estava muito melhor para aquele outro barco.

— Não, e muito provavelmente ele está encalhado em algum baixio de areia neste mesmo instante, esperando que o seu barco idiota bata nele.

— Não seria nada mau — retrucou Porter, e havia um certo prazer sombrio e antecipatório na sua voz. O mestre do Nagaina era bastante parecido com o velho e robusto navio que ele comandava: um lutador nato.

Até que mensagens urgentes fossem enviadas à polícia portuária de Tremont e a outros postos, tanto acima quanto abaixo deles no rio, nem o capitão nem Vanaman perderam tempo com explicações quanto ao que se passara. Os meros acontecimentos do sequestro, com a descrição que pudessem dar do navio suspeito, eram suficientes para pôr em ação as forças da lei. A polícia fez com que um de seus barcos vasculhasse o nevoeiro ao redor do cais do Nagaina, embora só tivesse lá chegado quando ele já estava vazio e o Nagaina já tateava com todo o cuidado o caminho canal abaixo.

Por rádio, no entanto, ele permaneceu em contato com as estações costeiras, e havia uma pequena chance de rever a estranha embarcação negra com carranca de golfinho antes mesmo que ela pudesse ser interceptada pelas autoridades. O pio rouco e beligerante da sua sirene soou. Ele bufava e resfolegava como um grande animal marinho amarelo-canário, com as hélices metade do tempo em rotação reversa, lutando para não ser carregado pela correnteza em uma velocidade perigosa demais. O Nagaina era desajeitado e barulhento, mas muito honesto e decidido.

O piloto monopolizara a ponte, e já que Porter não era necessário por ali, ele finalmente encontrou tempo para questionar Vanaman com mais detalhes. Com aquele sujeito, Jim Blair, ainda a tiracolo – e misteriosamente renovado –, o médico acompanhou Porter até a privacidade da sala de mapas e lá contou-lhe exatamente tudo o que considerava adequado acerca dos acontecimentos que levaram ao sequestro.

Não mencionou nenhum dos aspectos mais estranhos do caso, afirmando apenas que o Sr. Robinson tinha em sua posse uma certa caixa de conteúdo desconhecido para ele, Vanaman; que o Sr. Robinson, muitas vezes, havia feito referência a uma certa pessoa – ou pessoas, também desconhecidas – que desejavam privá-lo da referida posse; que o Sr. Robinson estava com a tal caixa quando fora sequestrado; e que a suposição mais simples parecia ser a de que os sequestradores e os supostos reivindicadores da mencionada propriedade do Sr. Robinson eram os mesmos.

Enquanto falava, ocorreu a Vanaman que, muito provavelmente, ele estivesse dizendo a verdade.

Desde o momento em que se viu abandonado no cais e seu cérebro se libertara daquele estupor obsessivo, todos os aspectos sobrenaturais do caso pareciam ter se tornado cada vez mais questionáveis, tendo desaparecido na irrealidade como a memória incerta de um sonho, uma ilusão, uma alucinação – três palavras que cobrem uma infinidade de fenômenos, inexplicáveis de outra forma.

Os raptores de Robinson e sua sobrinha certamente não eram fantasmas ocos, mas homens de carne e osso. Seu braço ainda doía levemente onde o alto capitão o segurara. O barco em que Leila e seu tio foram levados era certamente um barco de verdade. O capitão Porter tinha visto um navio de verdade ao virar-se. E, sinceramente, olhando para trás, o velho Robinson, por conta de muitas de suas observações, poderia ter estado a postos contra inimigos muito mais humanos e verossímeis do que aquela coisa vaga e monstruosa cuja aparição assombrava a caixa verde.

Na verdade, o que é geralmente chamado de "senso comum" dizia ao médico com toda a certeza de que, embora ele e várias outras pessoas tivessem sido até certo ponto vitimadas por uma inusitada ilusão, o acontecimento daquela noite era – deveria ser – de outra ordem e pertencente à categoria de atividades puramente humanas e materiais.

Enquanto ele pensava nisso, o Sr. Crosby apareceu à porta aberta da sala de mapas.

— Embarcação negra com carranca de proa vermelha avistada em Bombay Hook há pouco mais de uma hora, senhor — anunciou ele, alegremente. — Relatado pelo rebocador Jersey Queen. Acabamos de entrar em contato com eles.

— Bombay Hook? Há mais de uma hora? — repetiu Porter, bruscamente. — Jersey Queen deve estar sonhando! Ou então há dois golfinhos vermelhos navegando à nossa frente. Nosso barco ainda não pode ter chegado a Bombay Hook, muito menos uma hora atrás. É impossível.

O sujeito magro e prostrado, Jim Blair, pareceu despertar um pouco.

— Perdão, senhor — ele interrompeu. — Se o senhor o conhecesse, não diria que nada é impossível. Trata-se do navio com o golfinho na proa, senhor. E é claro que ele desceu o rio rápido demais com a maré jusante.

Porter encarou-o, e o marujo o encarou de volta, calmamente; mas havia uma certa expressão em seus olhos pálidos e sombrios que fizeram com que o capitão, depois de um momento, olhasse para Vanaman com uma expressão interrogativa na fronte, enquanto seus lábios formavam, silenciosamente, uma única palavra. O médico balançou a cabeça.

— Blair, não tenho certeza — murmurou ele depois, em voz alta — a quem se refere quando diz "ele"?

A boca do marinheiro se abriu em um sorriso zombeteiro, quase tolo.

— Se ainda não sabe, Dr. Vanaman, é melhor não saber.

— Mas eu quero... eu exijo saber! — Toda a incerteza, os medos antinaturais e as dúvidas enlouquecedoras que tinham feito dos últimos dias um tormento incessante surgiram como uma grande e urgente questão. — Blair,— continuou ele, tenso — você vai me contar tudo o que sabe sobre esse maldito negócio, e vai contar agora mesmo!

— Não faço nenhuma objeção — admitiu o marujo, inesperadamente complacente. — Na verdade, eu gostaria de desabafar tudo isso. Mas, doutor, já vou avisando que está se envolvendo em um jogo bastante perigoso se ouvir o que tenho a dizer.

— Diga a verdade, meu caro — interveio Porter, com seriedade. — Você admite que sabe alguma coisa sobre a gangue que fugiu com o Sr. Robinson e sua sobrinha. Essa admissão por si só é suficiente para prendê-lo. Diga toda a verdade, e, em troca, faremos o possível para livrá-lo da lei.

O marinheiro deixou a cabeça cair para trás e riu, em um estrondo primitivo de exultação, com uma nota sobrenatural que fez as costas de Porter arrepiarem. — Lei! — naquele instante, Blair ofegou. — A lei do homem da lei... Se tivermos que lidar um com o outro, é ele quem há de ficar marcado! Mas esperem! Sei que não querem fazer graça. Simplesmente não entendem. Vou contar tudo desde o começo, e, enquanto eu falar, vocês escutam, e, enquanto ouvem, continuamos a descer o rio com a maré jusante, até ele!

A história que o marujo Blair contou, de pé na sala de navegação iluminada de amarelo e enevoada pela neblina, era uma história longa e selvagem – longa demais e, em muitas partes, incoerente demais para que um relato literal dela possa ser apresentado aqui. Muitas vezes, Porter, incrédulo e cada vez mais desconfiado da sanidade do sujeito, o interrompia; mas Vanaman não podia aceitar que ele o fizesse.

Porter não se sentou um só instante, observando todo o tempo a maré subir, cheia de espuma e inverossímil, a tantos quilômetros de distância da costa; nunca tinha visto águas fantasmagóricas girarem, aglomerarem-se e darem origem àquele terror sombrio. Não importava quão louca e selvagem pudesse ser aquela história, os fatos também pareciam estar ali para explicar um mistério igualmente selvagem e insano.

O começo da narrativa, no entanto, parecia bastante sensato. No início da primavera anterior, o marujo James Blair embarcara em Liverpool no velho navio mercante de vela quadrada Portsmouth Belle, carregando uma carga mista e com destino à Guiana Inglesa. Duas semanas mais tarde, o navio encontrou uma calmaria mortal, com o tempo pesado e baixo, e, algumas horas depois, foi arrastado em direção às próprias nuvens – assim pareceu a Blair –, na crista de uma onda enorme que, por sua vez, foi sucedida por duas outras, menores.

— Isso é provavelmente verdade — comentou Porter. — Lisboa reportou um maremoto de dimensões moderadas no último mês de maio, que também causou alguns danos à navegação nas águas a norte e a leste dos Açores.

O Portsmouth Belle, continuou Blair, sobreviveu à onda maior e às seguintes e, sob as velas de estai para tempestades, também escapou do vendaval semelhante a um tornado que se seguiu. Quando o vento diminuiu um pouco e estava na direção nor-nordeste, o navio foi autorizado a seguir em frente e, logo depois, viu-se navegando por um mar cujas ondas eram curiosamente achatadas e sem espuma nem crista. A água, na verdade, revelou-se carregada de uma substância acinzentada, semelhante a cinzas, e, estando sob o comando do primeiro imediato, Blair acabou sabendo da boca dele que se tratava de fato de cinzas de origem vulcânica.

O vento diminuiu ainda mais, o mar ficou praticamente calmo, e o Portsmouth Belle, por muito tempo, forçou seu caminho com grande dificuldade através dessa espuma de cinzas que, em muitos lugares, descobriu-se ter mais de 30 centímetros de espessura. O céu estava continuamente nublado, o calor, quase insuportável, e corria pelo navio o rumor de que os oficiais estavam, para usar a frase de Blair, "navegando às cegas", devido a algum dano magnético nas bússolas. Sem que se avistassem outras embarcações e sem sinal de rádio, sua posição exata durante esses dias era extremamente incerta.

No dia 17 de maio, quando Blair entendia que deveriam ter avistado o pico baixo do Corvo, nos Açores, ainda estavam rodeados por um horizonte ininterrupto de um cinzento doentio; no entanto, em um certo ponto, avistava-se no mar uma espécie de barra negra, curta e baixa que, quando eles se aproximaram, provou ser uma pequena ilha. O Sr. Kersage, o imediato, informou a Blair que se tratava provavelmente de uma terra nova, levantada pelo terremoto e pela erupção submarina que causara a maré – ou, mais propriamente, a onda sísmica.

O capitão Jessamy decidiu desembarcar ali, e Blair fazia parte do grupo de cinco marinheiros que o acompanhavam.

Remar naquele mar incrustado de cinzas era como impulsionar um barco através de uma lama espessa e meio congelada, e a viagem de talvez 500 metros exigiu mais de uma hora de esforço extenuante. No entanto, finalmente chegaram, e o capitão Jessamy foi o primeiro a pisar no estranho pedaço de rocha fumegante expelido pelas forças convulsivas que atuavam abaixo.

Blair foi o único a segui-lo, e por um excelente motivo. Os outros quatro marinheiros estavam todos descalços; mas Blair, "avisado", como ele mesmo disse, pelo imediato, trouxera consigo um par de botas impermeáveis. A rocha ainda estava quente o suficiente para impedir que até mesmo um homem calçado com couro pesado caminhasse com conforto, e, com os pés descalços, a aventura tornaria-se uma verdadeira tortura.

— E eu — disse Blair — levara aquelas botas só para atravessar os portões do inferno! Gostaria que o velho tivesse morrido antes de ter visto aquela ilha! Gostaria que o Sr. Kersage tivesse morrido antes de me dar a dica de levar aquelas botas comigo! Gostaria…

— Já basta, homem — Porter interrompeu, friamente. — Amaldiçoar seus oficiais não vai fazê-lo terminar essa longa história que está contando. De qualquer forma, não consigo ver como uma ilha vulcânica perto dos Açores possa ter relação com o sequestro de um maldito milionário no Rio Delaware.

— O senhor há de ver, senhor. Mas, se não quiser ouvir, posso parar.

— Deixe-o terminar, capitão Porter, por favor — interveio o médico. — Prossiga, Blair, e seja o mais breve possível, para economizar tempo.

— Pode deixar, senhor, embora pareça engraçado falar em economizar tempo quando se está contando o que ele fez. O que é tempo para ele? Ora, uma questão de mais ou menos 20 mil anos não significa para ele mais do que cinco minutos para o senhor e eu. Tempo! Muito bem, meu senhor, vou retomar minha história. Perto do centro da ilha, de onde o capitão Jessamy mantinha uma distância segura, por temer vapores venenosos, havia alguns grupamentos brilhantes de rocha escarlate, cuja forma e justaposição sugeriam vagamente as formas de edifícios em ruínas.

— Escarlate? — repetiu o médico.

— Vermelho — disse o marujo. — Vermelho como sangue novo, que acabou de ser derramado, vermelho como a escrita que cobre aquilo que ele tomou novamente para si, vermelho como as dez cidades vermelhas... Ah, o senhor já viu uma ou duas dessas coisas com seus próprios olhos, não é, doutor?

— Não importa o que eu possa ter visto. Continue com sua história.

— Ah, estou contando o mais rápido que posso. E foi enquanto o velho – desculpe-me, capitão Porter, meu senhor, quero dizer, o capitão Jessamy –, foi enquanto ele estava olhando para aquelas velhas paredes vermelhas através de seus binóculos que eu avistei aquilo pela primeira vez. Havia lascas e fragmentos arredondados de lava espalhados por todo lado, sobre as cinzas umedecidas. Eram em sua maioria pretas, com riscos vermelhos opacos. Mas aquilo era diferente. Era verde – um verde brilhante, quase como grama, uma grama que o sangue salpicara com pequenas gotas vermelhas resplandecentes, e tinha um formato bem regular, quase como uma caixa. "Capitão Jessamy, senhor", eu disse, "posso levar isso aqui comigo quando formos embora? Com ele, eu poderia esculpir uma caixa e talvez vendê-lo em terra." E o velho riu e disse: "Claro. Sirva-se de qualquer coisa que encontrar nesta terra, Blair. Acho que ninguém virá reivindicar nenhuma propriedade que você remover daqui". Simples assim. Ele imaginou que ninguém iria querer ou reivindicar aquilo de mim. Então, embrulhei aquilo na minha camisa, pois estava quente demais para segurar, e foi assim que eu atravessei os portões do inferno, meus senhores.

CAPÍTULO XII
O PRESENTE DO DEUS-MAR

"O que faz aquele navio avançar tão rápido
O que o OCEANO está fazendo?"
– A Cantiga do Velho Marinheiro

O marujo fez uma pausa, os olhos sombrios, pálidos e vazios, quase como os de um cego. Mais uma vez, o Sr. Crosby apareceu à porta.

— Navio preto com um golfinho vermelho reportado de Henlopen, senhor. Um dos homens do farol estava na baía carregando suas armadilhas para lagostas, por pouco não passaram por cima dele.

— Cabo Henlopen! Mais palhaçadas como essa! Há quanto tempo o seu faroleiro pescador de lagostas teve esse maldito sonho?

— Há quase duas horas, senhor.

— Muito bem! — Porter assentiu, sarcástico. — O golfinho vermelho chegou a Bombay Hook em dez minutos e, ao Cabo Henlopen, três minutos depois. Que grande e velho veleiro! Sr. Crosby, certifique-se, por favor, de que nossos próprios vigias permaneçam acordados. Nossa embarcação está em algum lugar no rio, não muito à frente, a menos que tenhamos passado por ela.

— A neblina diminuiu um pouco, senhor. Tenho quase certeza de que não passamos por nenhum barco com uma tonelagem parecida no canal.

— Não é possível — sugeriu Vanaman — que o navio que estamos procurando tenha ancorado em algum lugar perto da costa? Os homens podem tê-lo abandonado e levado seus prisioneiros para terra.

Os ombros largos de Porter se encolheram.

— É possível, claro. Mas, se eles pretendiam fazer isso, por que usar um navio? Não, acredito que nosso Amigo Golfinho tenha se escondido no nevoeiro para evitar qualquer perseguição ou interferência e esteja rumando para o mar aberto. Uma vez lá, ele pode ter marcado um encontro com alguma outra embarcação e pretende transportar seus prisioneiros e partir, inocente como nunca, sem nenhuma prova a bordo para condená-lo. Isso se eles tiverem como objetivo alguma espécie de resgate, a ponto de querer manter o Sr. Robinson prisioneiro. Se estiverem apenas atrás dessa caixa verde de que vem falando, eles podem carregá-lo pelo que considerarem uma distância segura, acima ou abaixo na costa, e, então, colocá-lo em terra junto com a sobrinha. Poderíamos ser capazes de adivinhar melhor suas intenções se soubéssemos um pouco mais sobre eles. Vá em frente com essa história que está contando, Blair. E torne o restante bem curto e direto ao ponto.

— Vou tentar, embora realmente não haja pressa, meu senhor. O senhor pode muito bem tentar alcançar o Holandês Voador tanto quanto a tal embarcação do golfinho vermelho.

A bordo do Portsmouth Belle mais uma vez, Blair guardou o bloco de lava verde e não pensou mais nisso por um tempo. Naquela noite, ele sonhou com a "Ilha Belle", como o capitão Jessamy havia chamado o trecho erguido do velho fundo do mar; mas, embora extraordinariamente vívido, ele creditou o tal sonho à inquietude provocada pelo calor.

No dia seguinte, ele ocupou seu tempo livre entalhando e esfregando o bloco de lava e, finalmente, convenceu o carpinteiro do navio a lhe emprestar uma serra, com a qual ele começou a dividir o material relativamente macio em duas partes. Depois de ter serrado cerca de 6 milímetros bloco adentro, um fragmento de lava se separou, revelando o que ele a princípio considerou ser um núcleo de cristal de quartzo. Rompendo facilmente o restante da crosta externa, ele encontrou, confinado como um cisto dentro do material vulcânico, a tal caixa verde.

Ele se encontrava sozinho no castelo de proa, e seu primeiro instinto foi esconder seu achado. Para um homem com a educação e as capacidades mentais limitadas de Blair, a extraordinária qualidade de sua descoberta não tinha grandes atrativos. A revelação da provável relíquia de uma antiguidade remota não significava para ele mais do que se tivesse tropeçado em um pacote ao andar por uma rua da cidade e encontrado um porta-joias no seu interior.

Para ele, o interesse se situava tão somente no possível valor da caixa. A especulação sobre seus proprietários anteriores estava fora de questão, e sua ignorância não via nada de milagroso na perfeita preservação do objeto por conta do calor vulcânico, que, ao subir até cerca de 2 mil graus Celsius, derreteria a rocha mais dura e reduziria os metais ao estado gasoso.

Sem conseguir abrir com facilidade a caixa e ouvindo um de seus companheiros descer as escadas do castelo de proa, ele a escondeu com toda a pressa em seu beliche, queixou-se ao colega marinheiro de que o bloco de lava se despedaçara sob a serra, carregou os fragmentos para o convés e jogou-os ao mar. Sua principal preocupação, naquele momento, parece ter sido que o capitão Jessamy soubesse da existência da caixa e a tirasse dele.

Antes que ele pudesse fazer mais esforços para abrir a caixa em segredo, irrompeu um vendaval, e logo descobriram que o navio estava sendo invadido pela água a um ritmo alarmante. Presumiram que suas emendas tinham se fendido com os graves golpes sofridos ao enfrentar a onda sísmica e o tornado que a sucedera.

— Eles não sabiam da existência dele — sorriu Blair, com os olhos vagos. —Muito menos eu... ainda. Ele começava a despertar e mal notara que eu havia roubado o que ele pretendia manter. Acho que ele é meio preguiçoso e sonolento, às vezes. Como aquelas grandes cobras que se veem nas selvas ao sul do Trópico de Câncer. Elas se enchem de comida e, depois, ficam deitadas sob o sol, cochilando e sonhando, por dias talvez, ou mesmo meses. Ele é assim, igualzinho. Já estava tentando recuperar o que era dele, mas sem conseguir se esforçar muito. Ele levantava suas ondas grandes e preguiçosas e dava um tapa no velho Portsmouth Belle. E o barco tremia, se contorcia, e suas emendas se abriam um pouco, com todos da tripulação nas bombas em turnos de duas horas até que nossas mãos ficassem em carne viva e nossas costas, a ponto de quebrar. Mas ele ainda não estava realmente acordado, nem sequer se esforçando por completo.

— Dr. Vanaman, — interrompeu Porter, bruscamente — vale a pena...

— Quero ouvir essa história exatamente como ele está contando.

Havia uma determinação calma e obstinada na voz do médico que silenciou Porter mais uma vez, por um tempo. Afinal, até que encontrassem o Golfinho Vermelho, pouco poderia ser feito a não ser esperar. Era melhor ouvir as andanças de Blair do que ficar ocioso.

O Portsmouth Belle, continuou Blair, ultrapassara a área infestada de cinzas havia muito tempo. Como, em sua condição, tinha mais perigo envolvido no esforço para deixá-lo parado do que naquele usado para fazê-lo navegar, o navio foi colocado diante dos ventos, com as velas arriadas, e conduzido quase a ponto de afundar até encontrar o Taconia, um petroleiro que rumava para Tremont.

Sem nem sequer tentar salvar o Portsmouth Belle, o comandante do Taconia liberou a pequena quantidade de petróleo que permanecia nos tanques, para assim acalmar as águas agitadas em suas imediações e possibilitar a transferência dos oficiais e tripulantes do antigo veleiro para o petroleiro.

Depois disso, o Taconia sofreu uma passagem peculiarmente tempestuosa e difícil, mas finalmente atracou em Tremont, subindo o Delaware.

— Acho que ele não é tão seguro de si ao lidar com navios de aço, vapor e petróleo, já que eles conseguiram se livrar dele ao nos levar a bordo do navio-tanque. Ou, então, como eu tinha dito antes, ele ainda não tinha despertado completamente. De qualquer forma, desembarcamos em segurança em Tremont, como falei. Os outros homens, no entanto, começaram a me evitar. Acho que de vez em quando eu começava a falar algumas coisas sem sentido para eles. O capitão Jessamy nos pagou como se tivéssemos feito toda a viagem para a qual havíamos embarcado. Vou lhes dizer uma coisa, esses oficiais britânicos sempre tratam a gente com justiça. Os oficiais se espalharam para todo canto, alguns embarcaram de novo em Tremont, alguns foram para Nova York. Mas eu fiquei exatamente onde desembarquei, um pouco assustado e sem saber bem o que fazer.

— Por que você estava com medo? — perguntou Vanaman, embora soubesse a resposta.

— Por conta dos meus sonhos — disse Blair. — Apenas por isso. Parece bastante frívolo que um homem calejado como eu se assuste assim, alguém que navegou por quase todo o mundo e viveu todo tipo de coisa, sempre tratado com crueldade. Mas há sonhos que conseguimos esquecer, e outros, não; e o tipo que eu vinha tendo era ardiloso, estendendo-se por horas e horas, até mesmo depois de eu já ter acordado. Vi coisas que não cheguei a contar e andava pelas ruas de Tremont com as muralhas das dez cidades vermelhas parecendo cair ao meu redor. Fiquei nas docas à beira do rio e vi suas águas se espalharem e se alargarem sem limites, com um azul-púrpura igual ao dos mares do sul. E vi seus cavalos brancos chegando, com sangue fluindo à vontade de suas gargantas. E vi… ele… atravessando as águas.

O homem deixou cair o rosto nas mãos magras e ficou subitamente em silêncio.

— Blair, — disse o médico, pacientemente — estou acompanhando sua história com toda a atenção e acredito em tudo o que diz. Entenda isso. Mas, até agora, exceto pelo que você nos contou sobre onde encontrou a caixa, não descobri praticamente nada. Está disposto a responder a algumas perguntas?

— Pode perguntar, senhor.

— Então, antes de tudo, o que você disse ao Sr. Robinson naquela noite, quando o visitou em seu escritório?

— Ah, isso. Ora, contei-lhe tudo o que contei aos senhores e um pouco mais. Comecei explicando que cometi um grande erro ao vender aquela coisa para Jacob Lutz, o tal negociante. Entenda-me, quando os sonhos ficaram terríveis demais e eu percebi que era a caixa que os estava causando, decidi que o melhor a fazer era livrar-me dela. Ele vive me dizendo que precisa dela de volta, mas eu achava que ela era minha e que podia vendê-la, transferindo a maldição para o sujeito que a comprasse. Tentei abri-la e não consegui; tampouco consegui quebrá-la. Então, levei-a para esse tal Lutz e contei-lhe uma história sobre como ela havia sido roubada de um templo na China, pensando que ele pagaria mais por ela do que se eu deixasse transparecer que a peguei em um rochedo desolado, onde estava à disposição do primeiro que lá chegasse. Ele só me ofereceu 3 dólares por ela, mas eu aceitei, pois tinha meus motivos, já que imaginava que seria então um homem livre. Livre! Eu deveria ter pensado melhor antes de traficar sua propriedade dessa maneira. Ele veio até mim... naquela mesma noite... diferente...

O marinheiro pareceu engasgar-se com as palavras e cobriu novamente o rosto.

— Acho que entendo — assegurou Vanaman, com toda a gentileza. — Capitão Porter, este homem é são, mas está falando de um assunto tão além de minha compreensão que não posso nem tentar explicar do que se trata agora. Deixe-me conversar com ele e, se parecermos conversar como loucos, tenha um pouco de paciência.

— Já estou tendo — retrucou Porter, bastante sombrio.

— Continue, Blair. Você decidiu que precisava recuperar a caixa? Foi isso?

Blair respirou fundo e assentiu.

— Fui até Lutz e consegui pegar com ele o endereço do velho Robinson, dizendo que poderia dizer ao seu cliente o que significava a tal inscrição vermelha. Eu não faço ideia do que significa. A menos que seja o autógrafo dele, escrito na parte inferior para mostrar a quem a caixa pertence. Eu só fui ver Robinson perto da meia-noite, porque estava passando por outro ciclo terrível de alucinações, sonhando acordado com cidades vermelhas e coisas do gênero. Contei a Robinson o que me haviam dito naqueles sonhos. Como a caixa havia sido enterrada entre 10 mil e 20 mil anos atrás – não sei há quanto tempo, realmente, mas foi antes mesmo de a *Bíblia* ser escrita. E, como dentro dela há grandes segredos – segredos que ele contou aos governantes das dez cidades vermelhas. E, como eu a tinha roubado acidentalmente, sem saber a quem pertencia, ele estava disposto a pegá-la de volta em paz, sem mais problemas para mim. E ofereci a Robinson os 3 dólares que Lutz tinha me dado por ela. Robinson continuou lá sentado, rindo. Deve ter achado que eu estava louco. Mas ele não riu por muito tempo, porque... porque o ar começa a ficar frio e úmido e... e entra pela porta...

O médico interveio rapidamente. — Não se preocupe em descrever tal coisa, Blair. Já passei por isso muitas e muitas vezes.

— Bom, Robinson está com a caixa, e vendo como ele veio atrás dela pessoalmente, acredito não ser mais necessário ali. Decido pular pela janela, já que a porta está trancada; afasto-me e acabo quebrando algo, fazendo um estrondo terrível. Agarro, por fim, uma cadeira, arremesso-a contra a janela e pulo. Essa foi a última vez que vi Robinson por três dias – não estava interessado em ir até a casa dele para saber o que tinha acontecido –, e os sonhos diminuíram um pouco; então, pensei, talvez eu esteja livre dos meus problemas para sempre. E, então, encontro Robinson na rua. Ele está em seu automóvel e me chama, dizendo que agora sabe tanto quanto eu. Que eu estava certo sobre ele, mas que tinha sido um tolo ao ceder-lhe a caixa. O velho Robinson me diz: "O que eu quero eu consigo, e o que consigo eu mantenho. É por isso que estou andando neste carro aqui, enquanto você e os tipos fracos e derrotistas como você andam descalços. Não há nada que possa me assustar. E, quanto a tirar a caixa de mim, ele não vai conseguir fazê-lo. Como posso saber? Simplesmente porque ele está se esforçando ao máximo e ainda não conseguiu. Meu objetivo é ficar com a caixa, porque eu a comprei, e ela é minha. Talvez eu a consiga abrir algum dia. Adeus, Blair. Lembre-se, quem desiste é um perdedor!". E ele foi embora, rindo. Depois disso, os sonhos voltaram, piores do que antes, e pensei que talvez pudesse roubar a caixa de volta e devolvê-la a ele. Eu fico à espreita, mas não fui criado nem treinado como um ladrão, não sei exatamente como proceder. E, de repente, eu leio no jornal como Lutz comprou para ele um cavalo branco e depois se matou em vez de matar o cavalo. Soube no mesmo instante o porquê de ele ter feito aquilo. Tentei, então, a mesma proeza, pensando que isso poderia acalmá-lo. Não adiantou nada... nada mesmo. E acabei com os meus últimos 5 dólares. Não como nada há dois dias, meus senhores. Estava vagando pelas docas, pensando que talvez fosse melhor terminar como Lutz, quando o velho Robinson apareceu no cais onde eu estava, em seu carro. Ouvi tudo o que se passou. Não sei exatamente o porquê, mas, ao ouvir aquele sujeito alto falar, suspeitei do que estava para acontecer. Suponho que pudesse ter falado algo e avisado o velho Robinson. Mas, de alguma forma, pareceu-me que ele merecia tudo aquilo. Gabando-se de como ele mantém o que ganha, e rindo de mim, como se eu fosse um fracassado!

Além disso... agora que ele recuperou a caixa, talvez me deixe em paz.

— Blair, vou perguntar de novo, e desta vez desejo uma resposta direta e definitiva: quem é ele?

Os lábios do homem se contraíram nervosamente. Seu olhar vago moveu-se do rosto do médico para o de Porter, fixando-se, então, na porta aberta.

— Dr. Vanaman, senhor, ele tem muitos nomes diferentes. Ele me contou todos eles, e me amaldiçoou por cada um deles. Vou lhe contar o nome pelo qual era chamado nas dez cidades vermelhas, mas simplesmente não gostaria de dizê-lo em voz alta. Ele pode ouvir e pensar que o estamos chamando.

Aproximando-se de onde o médico estava sentado, junto à mesa de cartas náuticas, Blair abaixou-se e sussurrou uma única palavra em seu ouvido. A expressão paciente, concentrada e tensa de Vanaman não mudou.

— Era isso que tinha pensado — assentiu ele. — E quando Lutz falou de um arcanjo...

— Esse é o nome que Lutz escolheu para chamá-lo, senhor, já que era judeu.

— O "arcanjo do abismo". Sim, acredito que se referem a ele por esse nome em algum lugar do Antigo Testamento. Estranho... De qualquer forma, a ideia de um ser desses pode ser traduzida pelo nome mais familiar para a mente que o recebeu. Agora, Blair, estou certo ao dizer que nem você, nem o Sr. Robinson, nem Jacob Lutz tinham qualquer conhecimento da natureza da história pregressa da caixa verde além daquilo que você ficou sabendo pelos sonhos?

— Isso mesmo, senhor.

— E você nunca foi tocado... nunca foi ferido fisicamente por nenhuma das aparições que teve por conta dela?

— Não, mas...

— Só um minuto. O que quero dizer é o seguinte: pelo menos até esta noite, todos os acontecimentos mais importantes relacionados com a caixa verde foram de caráter alucinatório. Ou seja, essas cinco pessoas – você, Lutz, o Sr. Robinson, a Srta. Robinson e eu – ah, sim, e também minha tia, seis ao total – seis pessoas tiveram algum tipo de visão ou ilusão semelhante àquelas que um homem pode ter em estado de delírio ou insanidade. O fato de todos nós seis termos visto praticamente as mesmas ilusões torna impossível atribuí-las a um desarranjo mental. O fato de nenhum de nós, até onde se sabe, ter sofrido danos físicos...

— Aquele homem, o Lutz...

— Foi levado à loucura pelo medo. Lutz não foi ferido por uma força externa. Ele tirou a própria vida. O que estou dizendo é que o fato de nenhum de nós ter sido fisicamente tocado nem ferido prova – para mim, pelo menos – que, por trás dessas visões, não há nenhum ser vivo e terrível tentando recuperar a caixa, como você imagina. Por outro lado, o fato de todos nós termos as mesmas visões comprova que, por trás delas, existe algum tipo de influência real e ativa. Agora, e particularmente desde que ouvi sua história, acredito que a caixa verde que foi retirada do abismo é uma lembrança do que talvez tenha sido o evento mais inspirador da longa vida do mundo. Nos tempos antigos, antes do início da nossa história escrita, existiu outro continente entre a Europa e as duas Américas. As Ilhas dos Açores são geralmente consideradas o cume das suas montanhas submersas. Por conta da tradição, e não da história, seu nome chegou até nós como sendo Atlântida. Tem havido suposições de que o grande dilúvio registrado pelos hebreus, pelos caldeus, pelos gregos e, de fato, pelas tradições de nações de todo o mundo, incluindo as das Américas do Norte e do Sul, refere-se à destruição da Atlântida por terremotos, vulcões e inundações. Se formos capazes de confiar na lenda greco-egípcia escrita por Platão, a Atlântida era o centro de uma civilização muito elevada, e seu povo pode muito bem ter sido possuidor de muitas artes e invenções, cujos segredos se perderam quando sua terra pereceu. Além disso, eles eram adoradores de Poseidon, o deus dos mares, que supostamente fundou seu governo. Agora, Blair, o vasto e terrível ser que o vem assombrando não é nada – nada, entendeu? Ou melhor, ele é apenas um pensamento e uma ideia – uma relíquia de uma religião antiga morta há muito tempo e revivida em sua mente por conta da posse temporária de um objeto que, no passado, viu-se cercado por uma infinidade de pessoas que tinham a mesma crença. Essas pessoas estão mortas, como você mesmo disse, há muitos milhares de anos. Mas a coisa que você encontrou ainda irradia suas ideias, como ondas de pensamento, reproduzidas, em grande parte, como ondas sonoras, que é o que efetivamente são. É nisso, honestamente, em que acredito em relação à caixa verde, Blair. O que está consagrado nela é um segredo, de fato – um segredo de povos antigos que foram varridos da terra quando as cidades da Atlântida caíram diante de terremotos e inundações. Um segredo que a nossa ciência moderna tem procurado, mas ainda não encontrou – um dispositivo para registrar e reproduzir as vibrações do pensamento.

As sobrancelhas de Porter franziram-se em uma expressão de perplexidade talvez perdoável, e, quando os olhos vazios de Blair encontraram os do médico, o doutor percebeu que sua engenhosa teoria não havia sido seguida de forma inteligível por ninguém além dele mesmo. Ainda assim, o fato de ele ter desenvolvido uma explicação com embasamento na matéria – para satisfazer a si mesmo – significava muito para o Dr. Vanaman naquele instante. Ele continuou:

— O que aconteceu nesta noite – quero dizer, o sequestro – não poderá ser devidamente explicado até que capturemos os sequestradores. Tenho certeza absoluta, porém, de que eles se revelarão meros seres humanos como nós, e pode até ser que os sequestradores nem sequer soubessem da existência da caixa verde. O Sr. Robinson tem muitos inimigos. Ele mesmo me confidenciou tal fato. Ele pode ter sido sequestrado para que se obtenha um resgate ou em conexão com algum caso que ignoramos. Capitão Porter, este sujeito, Blair, está à beira de um colapso devido à falta de alimento. Sendo tão homem quanto ele, o senhor há de perceber que...

— Mensagem do destroier U.S. Shelby, senhor. — Pela terceira vez, o corpo do Sr. Crosby bloqueava a porta. Ele exibia uma expressão de expectativa quase exultante, como se estivesse particularmente interessado em observar a reação provável de seu oficial superior às últimas notícias. — Há cerca de três horas, o Shelby quase colidiu com algum tipo de veleiro grande, pintado de preto, que singrava diante do nariz do Shelby como se o diabo estivesse ao seu encalço. O comandante Jansen relata que estava no convés naquele mesmo instante e deu uma boa olhada nele, com um grande golfinho vermelho brilhante que se curvava para fora, no lugar do mastro da proa. Disse também que, até onde ele pôde ver, estava equipado com todo o cordame das velas, mas sem nenhuma delas içada, navegando apenas sob alguma espécie de energia auxiliar. O Shelby saudou-o e tentou ultrapassá-lo. Eles estavam navegando sem nenhum tipo de farol, sino para neblina nem sirene ligados. O comandante Jansen pensou que gostaria de dirigir algumas palavras gentis ou algo do tipo para seu mestre. Mas acabaram perdendo o veleiro de vista em meio ao nevoeiro. Tudo isso aconteceu a cerca de 8 quilômetros do Cabo May.

— E três horas atrás! — o grande punho do capitão Porter atingiu a mesa de navegação com um estrondo retumbante. — Sr. Crosby, não sei o que estamos perseguindo! Fiquei sentado aqui ouvindo uma história sem pé nem cabeça, e, com esses relatórios malucos chegando a todo momento, tudo começa a parecer um sonho, um maldito pesadelo, na verdade. Não sei se o Golfinho Vermelho é o Holandês Voador ou um iate particular do próprio diabo, mas, seja lá o que for, sei que tem meu fretador a bordo. E, em nome de Deus, vamos continuar em seu encalço enquanto houver qualquer traço de rastro a seguir!

CAPÍTULO XIII
À PROCURA DO HOLANDÊS VOADOR

Era quase meia-noite quando o capitão Porter expressou sua determinação de "continuar". O amanhecer encontrou o Nagaina ainda oscilando, a meia velocidade, através das colinas e vales instáveis, obscurecidos pela neblina do alto Atlântico, bem longe da costa de Jersey. A seu próprio pedido, o piloto foi deixado na cidade de Lewes, em Delaware, e o capitão Porter estava mais uma vez comandando tudo pessoalmente.

Aquelas horas entre a meia-noite e o amanhecer não foram isentas de uma certa excitação peculiar. O destroier Shelby não havia sido, em absoluto, o último navio a avistar o Golfinho Vermelho, como o estranho havia sido batizado *pro tempore*[3]. Durante toda a noite, de tempos em tempos, o aparelho de rádio do Nagaina rangia e estalava, anunciando a chegada de notícias, conselhos e incentivos – alguns deles lamentavelmente satíricos – de outras embarcações que haviam captado sinais anteriores, ao passo que outros mantinham contato simplesmente para oferecer algum tipo de estímulo, em uma clara demonstração de espírito esportivo.

---

3 "Temporariamente", em latim. (N. do T.)

A menos que alguns desses últimos também estivessem se entregando a um senso de humor pervertido e enviando relatórios falsos, o Golfinho Vermelho havia seguido seu extraordinário curso direto para fora da baía de Delaware. Um cargueiro a vapor relatou ter saudado uma escuna de madeira na costa e definir a estranha embarcação como "um tolo maldito navegando sem luz nenhuma e por pouco não levando nosso mastro da proa consigo".

O rebocador Boston Beau também escapara por pouco da colisão com "algo grande e preto que singrava como um barco de corrida. Sem nenhuma luz a bordo. Acreditam ter visto a figura de proa de um golfinho vermelho. Não têm certeza. Muito escuro, indo rápido demais".

O cargueiro Kelpie não apenas avistou o estranho, mas, agora, também o estava perseguindo, enraivecido. O Shelby tinha ordens de chegar a Hampton Roads, mas nenhuma restrição do tipo detinha o cargueiro. Independentemente dos apelos do capitão Porter, o Kelpie juntou-se à caçada, como se o tal barco tivesse violado alguma lei que proibisse qualquer embarcação de navegar através de forte neblina, a toda velocidade, sem luzes e em silêncio.

Em comum a todos os relatos, notou-se um fato talvez bastante estranho. Onde quer que se tenha encontrado o Golfinho Vermelho, ele escapara de uma colisão por muito pouco; em cada caso, ele singrava as águas com toda a rapidez, sempre cruzando a proa do outro navio de tão perto que uma ou várias pessoas a bordo da embarcação ameaçada conseguiam pelo menos vislumbrar uma de suas características mais peculiares, a figura de proa escarlate e curvada.

Se o estranho estivesse intencionalmente decidido a delimitar seu curso para aqueles que o perseguiam, não poderia ter feito um trabalho melhor.

Uma outra coisa que o capitão Porter notou bravamente foi uma aparente diminuição na incrível velocidade indicada pelos informes anteriores. Enquanto, segundo os relatórios, às 3 da manhã do horário de Greenwich o Nagaina estava horas atrás de sua presa, tal diferença diminuíra abruptamente, e, de acordo com o último relato, perseguidor e perseguido estavam separados por não mais do que 20 milhas marítimas.

O Dr. Vanaman estava em pé junto à amurada, olhando para o mar, esforçando-se em vão para avistar qualquer coisa além de uns 5 metros adiante, através da espessa névoa que ainda envolvia o vapor. Por pura necessidade, ele dormiu algumas horas, jogando-se completamente vestido sobre uma trave almofadada na cabine principal. O descanso dera-lhe forças, mas seu rosto jovem de menino ainda parecia anormalmente abatido enquanto ele forçava a visão no mesmo lugar em que os olhos treinados dos vigias nada podiam ver.

O dia estava raiando, e a neblina adquirira uma tonalidade sulfurosa e doentia. Misturando-se a ela, a fumaça negra das chaminés do Nagaina pairava como uma sombra escura em espiral em seu rastro, e, ao redor do barco, até onde se podia ver, as águas aparentavam estar pesadas e lúgubres, como um campo arado munido de irrequietos movimentos.

Apesar das recentes notícias encorajadoras, que lhe foram transmitidas pelo operador do rádio, Vanaman sentia-se cansado e amargamente deprimido. Não demorou para que sua mão vasculhasse um bolso interno do casaco e dele tirasse um envelope volumoso, que continha as folhas dobradas do que parecia um considerável manuscrito.

Na verdade, tratava-se de uma carta muito volumosa, escrita com a caligrafia fina e cuidadosa de seu sábio e eminente conhecido, Bowers Shelbach. Havia chegado às suas mãos na tarde anterior, mas, devido ao estupor peculiar que o afligira durante todo aquele dia, ele acabou enfiando-a no bolso sem a ler. Meia hora antes, ao acordar revigorado na cabine, ele descobrira por mero acaso o que estava em sua posse e examinou com grande interesse aquilo que poderia acrescentar um detalhe muito importante aos seus conhecimentos acerca da caixa verde. Depois da leitura, porém, a ansiedade se transformou em tristeza.

Agora, ele repassava mais uma vez a carta, embora com pouca atenção, pois a maior parte da volumosa epístola de Shelbach tratava da linguística arcaica de uma maneira técnica que não havia de interessar muito a um leigo. Tudo começava com uma discussão sobre certas analogias com o aramaico – ou o chamado "caldeu", no qual partes do Antigo Testamento haviam sido originalmente escritas – e com o fenício arcaico.

O Dr. Vanaman passou com lamentável pressa não apenas por essa parte, mas também pela análise igualmente cuidadosa e comparativa de cada caractere individual na inscrição traçada, conforme fora enviada pelo médico. Seguia-se um resumo geral, no qual se concluía que os caracteres representavam um dialeto errático e mestiço, que combinava uma raiz semítica com o idioma fenício, ou – e aqui Shelbach tornava-se visivelmente solene e animado – poderiam possivelmente corresponder a uma língua escrita foneticamente, anterior às formas conhecidas das línguas semíticas, do fenício e do egípcio hierático.

Para ter certeza, o professor Shelbach desejava mais dados – e os desejava com veemência. Pelo sagrado nome da arqueologia, exigia saber de onde Vanaman obtivera aquele fragmento incompleto de escrita antiga e, se acaso existissem mais caracteres, por que ele não tinha copiado a inscrição inteira e apresentado-a juntamente com informações completas sobre a fonte de onde havia sido tirada.

Por fim, Shelbach praticamente condenava a suposta negligência do amigo e o instava a transmitir imediatamente os dados completos, assinando seu eminente nome com um floreio enfático. Em nenhum lugar da carta ele fornecera a tradução inteligível tão desejada por Vanaman, mas, em um canto da última folha, acrescentado como um pensamento posterior, o médico encontrou um pós-escrito traçado a lápis.

Os rabiscos consistiam em duas frases curtas postas entre aspas, e Vanaman julgou destinarem-se a traduções alternativas da inscrição.

Mal-humorado, ele dobrou a carta e a guardou de volta no bolso.

"Para as grandes profundezas. Para o abismo."

Shelbach errara ao chamar a inscrição de "fragmento". Tratava-se de uma dedicatória completa e – se é que ele se permitiria considerá-la assim – sinistra. Com relutância, ele revolveu na memória as características da caixa verde que, muito além dos "sonhos" que causava, a tornavam um enigmático mistério.

Havia também o fato de que nenhum arranhão, sinal nem marca de dedo ficava retido em sua superfície brilhante, nem mesmo por um único instante, depois que o olhar do observador deixava de fitá-la. Ele testou e provou tal fato inúmeras vezes, até apaziguar seu ceticismo materialista.

Além disso, ocasionalmente tinha-se a sensação de grande profundidade sob sua superfície enevoada. Se tal efeito não variasse, teria sido menos difícil de explicar. Mas não se tratava de algo fixo. Havia momentos em que se podia virar a caixa à vontade, sob todos os ângulos e perspectivas de luz, e, ainda assim, era possível visualizar tão somente uma superfície polida, azul-esverdeada. Em outras vezes, quando nosso olhar era pego de surpresa, acabávamos atraídos, nauseados e aprisionados por um abismo verde infinito.

E também não se podia esquecer da própria inscrição escarlate que se recusava consistentemente a ficar em evidência, ainda que apenas afundasse – ou se transportasse para o fundo – quando ninguém estivesse observando a estranha manobra.

Ao somar todas essas características, Vanaman admitiu, com pesar, que nenhuma das excentricidades da caixa seguia as leis dos fenômenos materiais aplicadas a um objeto sólido de que se tinha conhecimento.

A água não sofre marcas nem impressões digitais. Às vezes, o mar verde mostra-se translúcido e, logo depois, passa a exibir novamente uma superfície vazia e enigmática. E aquilo que é colocado sobre ele pode tanto flutuar quanto afundar em suas profundezas transparentes.

"Para as grandes profundezas. Para o abismo."

Deveria ele acreditar – assim como o velho e audacioso tirano que chamava a caixa de sua – que seu outro temido pretendente era um indivíduo senciente, de carne e osso? Ou que o oceano possuía um espírito inteligente, a ponto de ser capaz de reivindicar a tal caixa para si?

Em todo caso, o que teria acontecido com sua donzela de cabelos enluarados na noite passada? Na melhor das hipóteses, ela passara todas aquelas horas à mercê de homens cuja falta de escrúpulos só Deus conhecia. Na pior das hipóteses... Vanaman estremeceu e afastou-se da amurada. E só Deus conhecia os estranhos poderes que Ele permitia que existissem por trás do véu de materialidade palpável que representava, para a maioria dos mortais, o único e verdadeiro mundo.

— É o senhor, doutor? Maldita manhã enevoada, não? Suba aqui comigo, se quiser. Quando o tempo melhorar, há alguma chance de encontrarmos nosso Holandês Voador desagradavelmente próximo.

Porter falava por entre as grades da ponte de comando, e o médico subiu lentamente um lance de degraus de madeira ao lado e juntou-se a ele.

— Faz um bom tempo que não tenho notícias do Kelpie — continuou Porter. — Talvez o operador de rádio deles esteja dormindo. Ou simplesmente perderam o rastro do Holandês Voador.

— A neblina parece estar diminuindo um pouco.

O tom de Vanaman continha uma nota de esperança e de coragem, repentinamente renovadas. A personalidade forte e contundente de Porter parecia eliminar toda a estranheza daquela perseguição; o mestre do Nagaina representava distintamente tudo o que havia de são, de sólido, de resoluto. Sua embarcação navegava em meio à terra dos fantasmas, abrindo caminho por entre névoas fantasmagóricas que se contorciam em formas espectrais com o vento produzido por sua passagem, mas o capitão Porter era um homem comum e honesto, que caçava outros homens comuns e não tão honestos. Embora ele chamasse o Golfinho Vermelho de Holandês Voador, aquilo não passava de zombaria. Ao contrário do médico, ele não tinha a menor dúvida acerca da materialidade concreta e lúcida daquele ser.

E era verdade que, ao redor e acima deles, a qualidade impenetrável do nevoeiro estava agora um pouco mais distante, como paredes fechadas que recuavam.

O Nagaina parecia se mover no centro de um espaço claro e semiesférico que se movimentava juntamente com ele, como se em um mundo de nuvens onipresentes existisse uma cavidade clara que viajava como uma imensa bolha de ar movendo-se através da água. Por todos os lados, a névoa amarelada subia em uma parede contínua, mas em constante movimento, curvando-se para o alto no formato de uma cúpula e afinando-se em seu zênite, de modo que a luz cinzenta de um céu presumivelmente nublado brilhasse através dela. E, logo abaixo, escuro como uma tinta verde-oliva, agitava-se o mar desolado.

Ouviu-se então o grito repentino de um dos vigias da proa.

Lá embaixo, na casa de máquinas, um sinal soou, e o velho e robusto navio estremeceu de proa a popa, enquanto suas hélices invertidas agitavam a água em gêiseres de espuma saltitantes. Mas o Nagaina não era um navio leve e facilmente controlável, a ponto de parar e girar sobre seu próprio eixo. Seu corpo desajeitado avançou uns bons 300 metros ou mais antes de finalmente parar, trêmulo e relutante.

Embora o Dr. Vanaman não tivesse visto o que os olhos alertas de Porter haviam vislumbrado antes mesmo do grito de alerta do vigia, ele instantaneamente concluiu que sua presa, ou algum navio parecido, tivesse sido avistada. No entanto, em nenhum lugar ao redor deles se podia ver sequer uma sombra na névoa que denunciasse a presença de outra embarcação.

De boca aberta, Crosby subiu correndo as escadas da ponte e, sem dar atenção às perguntas ansiosas do médico, Porter gritou uma ordem rápida ao seu imediato, mergulhando ele próprio no convés logo abaixo, com um urro de "Venha comigo!" por cima do ombro que fez Vanaman avançar logo atrás dele. O doutor tinha apenas uma vaga ideia do que poderia ter acontecido ou do que estava para ser feito, mas a perspectiva de qualquer tipo de ação reavivou suas energias, inundando-as de excitação.

Em meio à pressa que Porter parecia considerar necessária, o médico só conseguiu ter qualquer noção do que estavam fazendo alguns minutos depois.

Estavam, então, a bordo da lancha do Nagaina, já cheia de homens e lançada na água com a velocidade de uma caravela-portuguesa ao encalço do rastro ainda espumante do navio.

— O Golfinho Vermelho está aqui em algum lugar, e não está se movendo. Ele arriou!

Porter fez tal anúncio com uma espécie de triunfo ferrenho que previa infortúnio aos sequestradores de seu fretador.

— Provavelmente algum problema no motor... E não há nem um sopro de brisa para suas velas. Por Deus, doutor, nós os pegamos!

O pequeno grupo, de oito homens, que havia embarcado na lancha sob as céleres ordens de seu capitão não formava uma força de ataque tão inadequada quanto se poderia esperar de um navio pacífico como o Nagaina.

Entre os suprimentos levados a bordo por seu primeiro fretador havia vários rifles de caça de grande calibre, destinados à caçada dos grandes animais do Norte. No início da perseguição, Porter ordenou que essas armas fossem retiradas de seus estojos e as distribuiu, juntamente com sua munição, entre os membros da tripulação considerados mais confiáveis e de cabeça fria. Não havia tempo nem oportunidade para praticar, mas aqueles oito homens sabiam ao menos como operar e disparar as tais armas, e, mesmo em mãos inexperientes, uma espingarda de caça é uma arma formidável.

No entanto, era bastante improvável que o capitão Porter tivesse previsto uma batalha de verdade. Ele tinha quase certeza de que, assim que os canalhas a bordo do Golfinho Vermelho se encontrassem diante de um bando de homens armados e resolutos, render-se-iam, preferindo a prisão a uma possível morte a bala.

O próprio Porter tinha consigo apenas a pistola que normalmente carregava, e o Dr. Vanaman viera desarmado. Esse último, porém, tinha um motivo ainda mais poderoso e veemente que o de Porter para desejar embarcar no Golfinho Vermelho e apresentava um humor que talvez o tornasse o homem mais perigoso do grupo.

À medida que a lancha avançava, sua agitada passagem pelas ondas escuras e cheias de espuma, o pulsar do motor e o silvo rouco da sirene de neblina do Nagaina atrás deles eram os únicos sons que se ouviam. Se o Golfinho Vermelho estivesse realmente inerte ali por perto, como afirmara o capitão, não denunciava de forma alguma sua posição.

A não ser em caso de mau tempo, o rastro de um navio permanece como um caminho branco e espumoso por um tempo considerável após sua passagem. Por ser o acesso mais rápido de volta ao ponto onde o Golfinho Vermelho havia sido avistado, Porter seguiu direto por esse caminho até ter certeza de que havia ultrapassado seu alvo. Então, começou a navegar em círculos. Se, como ele esperava, a presa estivesse indefesa devido a problemas no motor, mais cedo ou mais tarde a pequena e ágil lancha haveria de encontrar seu esconderijo enevoado.

O ar, pesado de umidade, estava também muito quente, exaurido e inerte. Por várias vezes, Vanaman observou o capitão olhar para o alto e ao redor com um leve franzir da testa, como mostra de algum outro problema além de sua ânsia em descobrir o navio do sequestrador.

— Que clima estranho — murmurou ele em certo momento. — Estranho e maldito! — E, em seguida, acrescentou, em voz alta, dirigindo-se ao médico: — Desde que saímos da baía, temos atravessado uma área de baixa pressão. Agora, o ar está ficando ainda mais pesado. Alguma coisa vai irromper em breve, e pode ter certeza de que eu vou descobrir o quê. Se estivéssemos em latitudes mais baixas, eu diria que estávamos prestes a enfrentar um maldito tufão, mas, aqui em cima, e com esta neblina estranha e quente...

A frase foi abruptamente entrecortada pelo grito de um dos homens. — Vela à vista! Navio na proa de estibordo, senhor!

O efeito de uma bolha semicircular de espaço vazio que cercava o barco a vapor havia se movido junto com a lancha. Olhando para onde o homem apontava, todos viram um vago e enorme volume negro surgir como uma sombra através da névoa mais densa, 100 metros à esquerda.

A um aceno de mão de Porter, o timoneiro saltou sobre o pequeno leme, e a lancha virou-se bruscamente em direção à sombra.

O espaço circular mais claro girou com ela. A sombra iminente, ampliada pela névoa, pareceu condensar-se e, ao mesmo tempo, diminuiu de tamanho e ficou mais definida.

Um instante depois, Porter ergueu novamente a mão, dessa vez com um grito em que o espanto se misturava com alguma emoção muito semelhante a um choque aterrorizante.

— Parem a lancha! — gritou ele. — Parem! Pelo amor de Deus, o que estivemos perseguindo até agora?

CAPÍTULO XIV
A APARIÇÃO

*"O abismo chama o abismo com o barulho das tuas trombas d'água
Todas as tuas ondas e vagalhões passaram sobre mim."*

— Salmos 42, 7

O ruído constante do motor cessou, e a lancha deu uma guinada tão brusca que quase chegou a emborcar. Na verdade, por um instante, uma camada de água espumosa submergiu o fundo do convés. Vanaman e todos os outros alinhados a bombordo ficaram encharcados da cintura para baixo. No entanto, o barco conseguiu se endireitar, e ninguém teve nem sequer tempo para pensar em uma rota de fuga em caso de naufrágio.

A lancha encontrava-se ao lado de uma embarcação tal que não restava dúvida se tratar do Golfinho Vermelho. A cerca de 12 metros de distância, a notável carranca curvava-se, ousada e escarlate, sobre sua proa.

Mas como é que o capitão Porter – como é que qualquer uma das várias pessoas que chegaram a botar os olhos naquele navio não tenha conseguido, mesmo durante a noite e em meio ao nevoeiro, perceber seu caráter absolutamente estranho e inexplicável?

Era um barco negro, realmente, mas não pela escuridão de pigmentos. Em vez disso, parecia que sua madeira antiga e em ruínas estava escurecida e apodrecida por uma idade grande demais para ser computada.

De fato, ele estava equipado com velas. Mas, apesar de todos os seus 30 metros de comprimento, os três mastros colocados na proa, na popa e no meio do navio eram vergas bastante finas e, além disso, com uma aparência pútrida e avariada, como se cada uma delas tivesse sido atingida por inúmeros raios.

A ausência do mastro de proa havia sido notada pelo comandante do Shelby, e o capitão Porter mencionou o estranho "perfil inchado e curvo" da sua haste. Mas nenhum dos dois parecia aperceber-se da incongruência que uma embarcação moderna com aquela proa inchada, curvilínea e de formato singular representava. E ninguém, aparentemente, tinha nem sequer vislumbrado a popa igualmente pitoresca, com sua trave protuberante, elaboradamente esculpida – ainda que coberta de musgo –, que se curvava para dentro, acima da estranha e elevada borda.

Sua força auxiliar – o meio pelo qual ele se movia sem estender as velas – não era, ao que parecia, fornecida pelo motor a gasolina nem pelas turbinas a vapor que naturalmente se procuraria em uma embarcação com sua notável velocidade. Seu modo real de propulsão era agora igualmente óbvio e surpreendente. Ao longo de todos os 30 metros de bordo livre carcomidos por vermes, havia três fileiras de aberturas parecidas com escotilhas ovais. Por elas, uma sobre a outra, estendiam-se três fileiras de remos, cerca de duas vintenas ao todo, longos, pesados e com aquela aparência negra e pútrida que se via na madeira do navio.

Não se via nenhum sinal de vida além do seu sombrio baluarte de bombordo. Os remos seguiam sem movimento, à exceção daquele transmitido pelas águas agitadas. O navio repousava, em silêncio, como se estivesse deserto, subindo e descendo suavemente com o movimento longo e mudo do oceano. Tratava-se de uma embarcação mais estranha do que o Holandês Voador das antigas fábulas, um anacronismo apodrecido, uma ressurreição de eras infinitamente remotas.

Em alguns casos, uma educação clássica oferece vantagens até mesmo sobre a mais ampla experiência prática. Mero homem da terra que era, foi Vanaman, e não Porter, quem identificou o tipo de embarcação que tinham diante deles.

— Uma trirreme! — sua voz soou-lhe rouca e estranha. — Uma galé trirreme da artilharia fenícia, anterior até mesmo às gregas. E, pela aparência do madeirame, tão antiga quanto... Porter, Porter, homem, que navio é este?

— Não sei! — sob sua pele bronzeada, o rosto do bravo marinheiro estava completamente pálido. — Olhe. Olhe ali!

— O quê?... Aaah...

A exclamação que surgiu da garganta do médico tinha um som de reconhecimento e de surpresa.

Em uma direção, aquela para a qual apontava a proa do Golfinho Vermelho, a névoa havia se dissipado ainda mais. Ou melhor, sem se dissolver, ela tinha ficado mais transparente. Vanaman teve a impressão, real ou imaginária, de que o nevoeiro não ficara menos saturado, mas que simplesmente algum estranho poder estava gradualmente roubando a qualidade refringente que o tornava visível. Até uma certa distância, era possível enxergar claramente através dele, mas notava-se um efeito indefinido que dava a sensação de que se estava olhando através de águas transparentes, e não do ar transparente. Agora, aquela limpidez peculiar estendia-se por pelo menos 500 metros, e o olhar era capaz de penetrar além, mas muito vagamente.

Que formas vastas e veladas pela névoa eram aquelas que assomavam ali?

Edifícios? Monumentais postos avançados de algum grande porto? Mas, quando avistaram o Golfinho Vermelho, não havia nenhum sinal de terra em um raio de 80 quilômetros.

E esses tais edifícios – se é que o eram – resplandeciam com uma cor viva e sinistra, mesmo através da névoa envolvente.

Eram escarlates, sem dúvida nenhuma, escarlates como sangue recém-derramado, escarlates como a escrita que cobria o que ele reivindicava para si.

O Dr. Vanaman sentiu uma fraqueza doentia tomar conta de seu corpo, uma submissão debilitante àquela crença terrível contra a qual tanto lutara.

Ali, muito perto, extremamente horrorosa por conta de sua incrível idade, estava a putrefata galé negra. A obscuridade começava a se dissolver com grande rapidez naquelas categorias de habitações humanas – vistas em sonhos por muitas pessoas ultimamente – mas que, materialmente, jaziam afundadas a quilômetros de profundidade sob águas verdes e, ainda mais fundo, nas brumas da antiguidade. Ao longe, em algum lugar atrás deles, a sirene do extremamente moderno Nagaina apitou, como um comentário pesaroso, mas incongruente.

Os oito homens armados que haviam sido trazidos para subjugar o Golfinho Vermelho não eram – como se poderia supor – mais imaginativos do que a média, tampouco se assustavam com mais facilidade. No entanto, ao deparar com aquele estranho término da sua caçada e perceber igualmente o indubitável desânimo de seus líderes, é provável que – com as ordens de Porter ou sem elas – teriam dado a partida na lancha e fugido a toda velocidade, a não ser por uma única razão.

Sobretudo por aquela sensação de inquietude que Porter expressara como "algo prestes a irromper" – que vinha aumentando furtiva e continuamente.

Os homens, provavelmente, não tinham nenhum desejo real de ver mais edifícios vermelhos assomando onde edifícios de qualquer tipo ou cor não tinham o direito de estar, e sua proximidade com aquele estranho navio negro em putrefação poderia muito bem ter despertado o pavor supersticioso dos marinheiros.

No entanto, durante vários minutos longos e agonizantes, nenhum homem na lancha se moveu nem falou. Qualquer ato humano, qualquer som humano, ao que parecia, poderia quebrar a tensão e precipitar algum iminente evento gigantesco e sobre-humano.

A transparência da neblina estava agora completa, e ali, onde não deveria haver terra, erguia-se um terreno muito estranho e formoso.

Miragem... ilusão... sonho... Qualquer que fosse a natureza daquela visão, ela tinha, pelo menos, a aparência de uma realidade sólida.

Longe, ao fundo, os picos das montanhas cobertas de neve perfuravam um céu cada vez mais baixo. Entre eles e o mar, no topo achatado de uma colina, erguia-se o que parecia ser um enorme edifício isolado ou as cúpulas e torres de muitos edifícios menores, cercados por um muro alto e envolvente. Embora pequena à distância, essa fortaleza ou cidade murada elevava-se distintamente, como uma miniatura pintada, por conta de sua cor – um vermelho-sangue contra o fundo verde das encostas mais baixas das montanhas.

Descendo por ela, serpenteava uma estrada branca, que levava a um largo riacho de água – não um rio natural, mas um canal aberto por mãos humanas – que se estendia em linha reta, como um limite traçado entre o mar e uma abertura semelhante a um vale na distante cordilheira. Tal canal era atravessado em muitos lugares por pontes maciças de arco único e alto, construídas em pedra escarlate.

A ampla planície que ela dividia, estendendo-se à direita e à esquerda até onde a vista alcançava, era verdejante e cultivada em muitos campos regulares, que cercavam pequenas moradias e aldeias isoladas, e, mais à direita, viam-se as alturas escarlates de outra cidade murada, tomada por torres.

No primeiro plano, onde o canal e o mar se uniam, a terra recuava na forma de uma grande baía. Tal baía era ladeada por terraços construídos com rochas vermelhas, dos quais se projetavam muitos cais e docas. Suas águas não estavam vazias, mas repletas de navios de um tipo tão anacrônico – embora de modo nenhum putrefato pelo tempo – quanto a galé da figura de proa de golfinho. Grandes trirremes, com os escudos de seus guerreiros brilhando, dispostos ao longo de seus baluartes, compartilhavam o ancoradouro com navios de aparência mais pacífica, navios mercantes esculpidos e dourados de proa a popa e com velas em vários tons, como estandartes reluzentes.

Na extremidade mais próxima dos dois promontórios que guardavam as águas do porto havia alguma espécie de palácio ou templo sobre pilares, construído em metal sólido ou, talvez, revestido com placas metálicas suavemente polidas. Tal metal era igualmente vermelho.

Na ponta do outro promontório apareceu não um edifício, mas um imenso conjunto de estatuária. Uma imponente figura branca, com pelo menos 12 metros de altura, voltava-se para o mar. Fora esculpida à semelhança de um homem nu, musculoso, com cabelos e barba desgrenhados pelo vento. Sua mão colossal agarrava um tridente, e a figura postava-se ereta em uma carruagem escarlate puxada por seis corcéis brancos e selvagens, e, ao redor de seus cascos de mármore, golfinhos escarlates brincavam.

O escultor dera tamanho vigor e vida ao conjunto que, à medida que as águas verdes e agitadas ondulavam em torno de sua base, os cavalos galopantes pareciam quase estar em movimento, e os cabelos e a barba da figura eram fendidos por ventos selvagens enquanto sua carruagem corria pelas ondas.

E, naquele instante, a terra e o mar foram abalados por um som grave mas tenebroso. Ele não parecia emanar de nenhuma fonte especial, mas preenchia todo o espaço ao mesmo tempo. O céu, cada vez mais baixo, assumira um tom amarelado sulfuroso. Uma tênue coroa de vapor, que pairava sobre uma das montanhas cobertas de neve, tornou-se subitamente densa, negra, salpicada de forquilhas de fogo avermelhado. Ela rolou pela encosta da montanha abaixo, em uma avalanche de nuvens negras, e, do pico logo acima, uma enorme chama irrompeu em direção ao céu.

Ainda assim, a não ser por aquele gemido baixo e penetrante e pelo apito da sirene invisível do barco a vapor, não se ouvia nenhum outro som.

A nuvem negra rolou pela encosta da montanha em chamas. Espalhou-se pela planície, engolindo os campos, as aldeias e as habitações. A colina que abrigava a cidade vermelha mais próxima dividiu-se em terríveis fendas que expeliam chamas e fumaça e se fechavam novamente.

Multidões de pequenas figuras fugiam correndo pela planície, sendo perseguidas, alcançadas e engolidas pela nuvem ondulante. No porto, muito próximo deles, tripulações de homens morenos saltavam com uma pressa febril por sobre as velas com tons do arco-íris dos navios mercantes. Os remadores das galés de combate aglomeravam-se em seus assentos nos bancos dos remos.

Todas aquelas ações representavam atos de homens atingidos pelo medo, pela confusão e por uma avidez insana; no entanto, embora tão próximos, seus gritos chegavam até os homens na lancha simplesmente como um silvo fraco e estridente, como se, antes que os sons pudessem ser ouvidos, eles precisassem atravessar alguma distância quase infinita de espaço... ou de tempo.

E agora, do palácio de pilares escarlates que terminava no promontório mais próximo, emitia-se outro som, muito fraco, tal qual um ruído de homens cantando ao longe. Dois portais de metal vermelho se abriram, e, na abertura, apareceu uma única figura. Tinha a forma de um homem, vestido com uma túnica esvoaçante, cinza-esverdeada como o mar sob um céu sombrio. Seu rosto, que transparecia entre os cabelos esvoaçantes e a barba, era pálido como a própria morte. No alto, em suas mãos, ele carregava algo que brilhava com uma luz verde, um bloco oval de uma esmeralda turva.

Muito lentamente, ele desceu os degraus do templo, e, atrás dele, muitos outros – vestidos como ele – seguiam-no. Seis desses tais seguidores seguravam os cabrestos escarlates de seis garanhões brancos, que desciam aos tropeções o lance de escadas largas e rasas.

Cantando continuamente – naquele tom fraco e fantasmagórico na voz – o grupo chegou a uma plataforma de pedra vermelha cerca de 6 metros acima do nível da água, onde parou de frente para o promontório oposto, com sua colossal estátua da divindade do oceano.

O líder dos sacerdotes – se é que eram sacerdotes – segurava então a coisa verde no alto, com uma das mãos, enquanto, com a outra, gesticulava na direção do pesadelo em forma de fumaça em chamas que rolava em direção ao porto.

O canto fantasmagórico havia cessado, e sua única voz soava fina e fraca, como o assobio do ar através de uma harpa de vento. Com seus gestos, ele fez alguma invocação ou apelo à escultura do deus do mar do outro lado do porto. Os homens nos navios tinham interrompido seu esforço frenético e, onde quer que estivessem – no cordame, nos remos ou alinhados ao longo de baluartes vistosamente dourados –, pararam para olhar os sacerdotes, parecendo hipnotizados.

O discurso de voz tênue do orador chegou ao fim. Aqueles que estavam atrás dele puxaram os cabrestos vermelho-sangue, trazendo os ferozes garanhões brancos para a borda da plataforma de pedra vermelha. Seis facas brilharam simultaneamente. Os grandes cavalos lutavam, relinchando e puxando os cabrestos. Quatro dos sacerdotes realizaram o sacrifício sem nada sofrer; os outros dois foram empurrados para a beira do precipício pelas feras enlouquecidas e cheias de sangue que estavam massacrando. Nenhum esforço foi feito para resgatá-los. O grupo principal de sacerdotes havia retomado seu canto monótono e estridente.

Na terra, a nuvem negra vinda da montanha havia se espalhado por toda parte, e, acima dela, não havia apenas um pico, mas três, que jorravam chamas para o alto. Nenhum sinal das cidades vermelhas era visível agora. Apenas aquelas três chamas, como tochas de deuses terríveis e furiosos, e, abaixo delas, uma parede negra e ondulante que avançava rapidamente.

Então, o sujeito que segurava a caixa verde e brilhante ficou exasperado – ou enlouquecido. Sua voz soou como o grito de uma ave marinha furiosa. Mesmo sendo uma criatura pequena e insignificante, com palavras e gestos ele amaldiçoou tanto o terrível cataclisma que estava destruindo a terra quanto o grande deus do mar, a quem nem as orações nem o sacrifício haviam sido suficientes para fazê-lo evitar tudo aquilo.

Erguendo ainda mais a caixa verde, com toda a sua força ele a arremessou, fazendo-a cair no mar, a meio caminho entre os dois promontórios.

Um leve lamento de terror ergueu-se de seus companheiros; os marinheiros dos navios e das galés retorceram as mãos.

A nuvem negra atingia agora os terraços escarlates que rodeavam o porto. Elevando-se a centenas de metros de altura, lançando relâmpagos bifurcados e movendo-se em ondas, no instante seguinte haveria de dominar o porto e varrer os mares.

No entanto, embora exatamente em seu caminho, os homens na lancha do Nagaina permaneciam imóveis, entorpecidos pelo terror ou mantidos em repouso pela mesma paralisia do pesadelo que visitara Vanaman naquelas terríveis noites em que ele passara de vigília.

E, como em cada uma dessas ocasiões a paralisia fora quebrada pelo grito de socorro do velho Robinson, dessa vez também o encanto maligno se dissipou com um som. Não era, contudo, a voz do homem nem a dos animais, nem o rugido ensurdecedor que, em casos mais normais, acompanha a atividade vulcânica.

Começou com uma nota triste, ofegante, aos soluços, e tornou-se um lamento mais estranho do que qualquer outro som já produzido por algo, excetuando-se aquela invenção particularmente estranha e moderna, a sirene do barco a vapor.

Cada homem a bordo da lancha saiu de seu estupor, como se reanimado para uma nova vida. Eles vinham ouvindo aquele som a intervalos desde que saíram do navio, mas sempre abafado pela neblina e pela distância. Agora, aproximava-se. Se seu senso de direção não estivesse completamente enganado, ele vinha do meio da ameaçadora e imponente nuvem negra.

No instante seguinte, saindo do meio da nuvem ao nível do mar e avançando sem nenhum obstáculo aparente através dos terraços escarlates e dos navios antigos, por mais absurdo que parecesse, o Nagaina surgiu à vista de todos.

Ele foi saudado por uma tênue animação, vinda da lancha. Assim como uma enorme e desajeitada realidade pode se romper e dissipar uma miragem, também a chegada do navio a vapor baniu a visão da destruição. Em um breve instante, a falsa transparência da neblina desapareceu. O círculo de visão clara estreitou-se novamente para um raio de 50 metros. Não havia nenhum templo vermelho com sacerdotes desesperados. Não havia nenhuma vasta estátua de um deus do mar implacável. Não havia porto nem nuvem-relâmpago caindo sobre eles.

Apenas o velho e desajeitado navio a vapor, com hélices que debulharam o mar até virar espuma ao pararem, relutantes, a lancha e a trirreme negra e apodrecida com sua figura de proa de golfinho. Esta não desapareceu. Aquilo não era nenhuma miragem. Era real ou, pelo menos, material em certo sentido, senão teria desaparecido com o restante da visão.

Na lancha, Vanaman levantou-se de um salto.

— Coloquem-me a bordo desse navio! — ele gritou, ferozmente. — Não importa que maldita magia haja ali, eis o navio que estávamos caçando! Levem a lancha até perto dele e coloquem-me a bordo!

A coragem humana, salvo quando estimulada pelo motivo todo-poderoso que acionou Vanaman, tem um limite, e é muito provável que, mesmo que o capitão Porter tivesse ousado atender à exigência de seu passageiro, os homens sob seu comando teriam se amotinado, em vez de se aproximar do Golfinho Vermelho. A questão de sua coragem, no entanto, não foi então posta à prova.

No instante em que a ordem saiu dos lábios de Vanaman, uma estranha mudança varreu a antiga trirreme, uma mudança chocante, se é que se pode chamar de choque testemunhar a revivificação de um cadáver em decomposição, ver um navio morto ganhar vida. Mesmo aparentemente deserto até então, o convés da trirreme ficou subitamente repleto de figuras em movimento. As fileiras triplas de remos, que até então se arrastavam lentamente com a maré, levantaram-se, alinharam-se e avançaram, agitando as ondas em perfeito uníssono. Elas agarravam a água com um som dilacerante e impetuoso, e, como um cavalo com esporas, a galé negra saltou à frente.

Um grito inarticulado e inconsolável saiu dos lábios de Vanaman. Foi ecoado por uma voz de mulher, que vinha de algum lugar além do baluarte da galé.

Duas figuras lutando apareceram. Uma delas era alta e barbuda e vestia uma capa esvoaçante verde-acinzentada; na verdade, tinha uma surpreendente semelhança com a figura do sacerdote na visão. A outra…

Mais uma vez Vanaman gritou, e teria se jogado ao mar em uma louca tentativa de nadar atrás da galé em retirada se os braços fortes de Porter não tivessem se fechado em torno dele e puxado-o para trás.

Lutando ferozmente, ele ainda percebeu uma certa peculiaridade naquela luta que se dava além do baluarte da galé.

A mulher – pois a segunda forma era, sem dúvida, Leila – não estava lutando como ele inicialmente imaginara, para se atirar ao mar do torturante navio que a sequestrara. Pelo contrário, ela parecia estar forçando todos os nervos e músculos de seu frágil corpo jovem para permanecer no baluarte.

A luta terminou muito bruscamente. O homem de capa cinzenta ergueu a mulher. Por um momento, tal qual o homem da visão segurara o fantasma da caixa verde, ele tomou-a nos braços. Arremessou-a então para fora, com uma força tão sobre-humana que seu corpo atingiu a água muito além do perigoso rastro de espuma dos remos.

Com um enorme esforço, Vanaman livrou-se das mãos de Porter. Se tivesse raciocinado calmamente, perceberia que a maneira mais rápida e segura de resgatar Leila seria permanecer a bordo da lancha, que poderia chegar ao local onde a mulher havia afundado com muito mais rapidez do que qualquer homem a nado. Naquele momento, porém, o médico não estava com disposição para raciocinar calmamente. A forma primitiva e pessoal de resgate foi a única que lhe pareceu sensata e, sem nem sequer parar para tirar o casaco ou os sapatos, ele mergulhou de cabeça no mar.

Por mais imprudente e condenável que seu ato pudesse ter sido em outras circunstâncias, nesse caso revelou-se justificado. Sem dúvida, a lancha deveria ter avançado no mesmo instante, a fim de resgatar a mulher tão cruelmente descartada pelo Golfinho Vermelho. Mas, na verdade, isso não aconteceu. Nadando com braçadas longas e poderosas, o homem na água alcançou seu objetivo, mergulhou e ressurgiu triunfante na superfície, trazendo consigo a forma esbelta e débil da mulher, ao passo que a lancha não se moveu nem um metro de sua posição original.

Vanaman era um homem forte e um bom nadador, mas, obstruído e arrastado pelas roupas, ele agora achava realmente difícil manter a cabeça da mulher e a sua acima das águas. A própria Leila não era capaz de lutar. Morta ou viva, estava completamente inerte, fato que deixara seu salvador instintivamente grato, embora sem saber o porquê.

Tudo o que acontecera se passou em um espaço de tempo muito breve, repleto demais de ações e incidentes para que fosse possível um pensamento coerente. Embora as duas cabeças se erguessem na crista agitada de uma onda, o navio negro, apesar de se mover em velocidade crescente, ainda não fora engolfado pelas brumas ao redor. O barco a vapor não chegara a se deter e, na verdade, continuava a deslizar à frente, a uma velocidade que prometia afundar Vanaman e sua carga em mais alguns segundos. E, a bordo da lancha, no breve olhar que o médico lhe lançou, parecia estar acontecendo algum tipo de batalha, acompanhada por um estrondo de gritos furiosos.

A próxima onda passou por cima da cabeça de Vanaman. Lutando desesperadamente, ele voltou à superfície pela segunda vez. Não pôde permanecer ali por muito tempo, mas o suficiente para respirar fundo e ter qualquer evidência confusa de algum terrível acontecimento – algo tão grande e tenebroso que, mais tarde, ele poderia muito bem ter acreditado se tratar de fruto dos delírios de alguém que se afogava, não fosse tal lembrança confirmada por outras pessoas que não estavam na água e que retiveram pelo menos alguma medida de discernimento.

A absoluta tensão ofegante na atmosfera não havia se dissipado em nada quando a visão miraculosa do porto vermelho desapareceu. O capitão Porter já havia se referido a uma área de baixa pressão barométrica pela qual seu navio vinha navegando desde que deixara a costa e também havia reclamado do estado anormal e totalmente imprevisível do tempo.

O que aconteceu então era, na verdade, tão estranho àquela latitude quanto às leis comumente conhecidas da meteorologia. No decurso normal dos acontecimentos, e com aquelas condições de ar quente e inerte, saturado de neblina, nada daquilo poderia ter ocorrido. Deixemos tudo isso muito claro. No entanto, que se aceitem ou contestem as alegações de que realmente ocorreu, de acordo com a fé de cada um no que dizem aqueles que testemunharam o fenômeno. Aceitando-as, o incidente talvez tenha mais peso como evidência de algum poder sobrenatural envolvido do que qualquer outro dos acontecimentos extremamente bizarros que cercaram o advento e a passagem da caixa verde-esmeralda.

Quando Vanaman, com seu fardo inconsciente, abriu caminho para a superfície pela segunda vez, viu-se preso em um redemoinho de águas que, no primeiro e breve instante, ele acreditou ter sido causado pelo avanço da proa do Nagaina. O vapor realmente se aproximava deles, mas o poderoso impulso transmitido à água puxava-os não para perto, e sim para longe do barco. A lancha também parecia ter sido afetada. Como uma rolha arremessada na beira de um turbilhão, ela girou, percorreu uma volta completa e depois disparou, puxada pela correnteza.

O Golfinho Vermelho ainda estava vagamente visível, como uma sombra que recuava. A correnteza tomara aquela direção. Era como se, em algum lugar próximo ou além da galé negra, tivesse se formado um centro de sucção que afetasse não apenas a água, mas também o ar, já que, no breve período em que Vanaman ficara completamente submerso, uma repentina lufada de vento surgiu. Com uma rapidez espantosa, o vento transformou-se em um vendaval, e o vendaval, em um tornado. Em suas estrondosas e invisíveis asas, a neblina foi varrida, rasgada em farrapos e fundida à espuma voadora. O gemido baixo e penetrante que havia começado alguns minutos antes e persistido continuamente agora se transformava em um rugido ensurdecedor.

As nuvens do alto, finalmente visíveis, rolavam ininterruptamente baixas, a não ser perto do horizonte a leste, onde uma única faixa de branco-azulado estendia-se como uma fenda despedaçada em um telhado negro como a noite, delineando contra aquele único raio de luz o antigo trirreme, que avançava em um ritmo que o tornava estranha e assustadoramente integrado àquela cena escura e selvagem. À medida que os espectros da espuma e da névoa fragmentadas avançavam com o vendaval, o Golfinho Vermelho fugia através das ondas achatadas pelo vento, e o rastro de seus inúmeros remos se tornava uma confusão de jorros de espuma.

Espectro? Navio fantasma? Ou, com toda a seriedade, o "iate particular do diabo" que Porter nomeara meio de brincadeira?

O que quer que fosse, no instante seguinte, foi completamente apagado da visão humana.

Entre o Golfinho Vermelho e o barco a vapor, uma escuridão imponente rugiu para o céu, em direção às nuvens. As próprias nuvens já haviam mergulhado para encontrá-la. Rodopiando como um furacão, os vapores escuros do alto desceram, formando um vasto cone. A ponta juntou-se ao violento cone de águas negras logo abaixo, as forças do ar uniram-se ao oceano como um trovão, como um ser monstruoso perseguido através de um abismo plangente. As profundezas invocaram as profundezas, e a tromba-d'água nasceu.

Apanhados pela correnteza que os atraía, os dois minúsculos átomos humanos foram levados para a frente, sufocados, afogando-se.

No entanto, através do caos que enchia seus ouvidos, através do rugido das forças elementais misturado ao toque de sinos estridentes que clamavam dentro de seu cérebro, o homem imaginou ouvir uma voz humana bradar palavras articuladas. Penetrante como o grito de uma ave marinha, ela parecia flutuar na direção do vento, vinda de algum lugar atrás e acima dele. Em um rápido lampejo de compreensão, ele soube que o que estava vendo naquele instante era a forma física e material completa daquele ser cuja forma fantasmagórica assombrara a caixa verde. E a voz humana deu um nome àquele ser... o nome de um deus muito antigo.

Então, algo atingiu-lhe com força na cabeça, e o esquecimento, com sua paz vazia e perfeita, recaiu sobre ele.

CAPÍTULO XV
RETOMADA!

Na verdade, é raro que a mente de qualquer homem seja exposta ao choque absoluto de um grande evento ou catástrofe. O medo é necessariamente limitado pelos poderes da percepção e da imaginação. Diante de um evento monstruoso demais, a imaginação fica entorpecida, a percepção vê-se interrompida, e a mente é encerrada, por assim dizer, por uma capa protetora de pura incompreensão.

A tripulação da lancha do Nagaina tinha medo do navio negro e pútrido e da visão inexplicável que se seguiu à sua descoberta. Quando a mulher foi atirada do convés e o capitão Porter emitiu uma ordem – como ele prontamente fizera – para que a lancha fosse resgatá-la, os homens apenas conseguiram perceber que a coisa ou pessoa que caíra na água havia sido arremessada por uma embarcação que lhes causava o mais vívido e irracional dos horrores.

Eles não queriam ter nada a ver com o náufrago do Golfinho Vermelho, e, quando seu próprio comandante quis avançar naquela direção, voltaram-se contra ele. Já que o tipo de bravura de Porter era diferente do deles, ele insistiu, usando os punhos como argumento, e assim iniciou-se uma briga bastante dificultada pelo espaço apertado em que ocorria, que terminou 40 segundos depois.

E terminou porque, naquele instante, o caso da caixa verde aproximava-se de seu verdadeiramente terrível clímax, e a causa de todo o medo tornou-se tão real e gigantesca que a capacidade para tais emoções ficou entorpecida, paralisada, como por um forte golpe.

Quando a lancha girou sobre o próprio eixo e disparou com a correnteza do vórtice, Porter atirou-se nos controles do motor, sem ninguém para impedi-lo. Era novamente o capitão, e os homens obedeciam às ordens que ele decidia urrar em sua direção, sem nem pensar em rebelião.

Além do capitão Porter e de Vanaman, duas outras pessoas mantiveram seu senso de responsabilidade e sua capacidade de ação. Uma delas estava na ponte do navio, onde – mais por instinto do que por total conhecimento do perigo, antes mesmo que a tromba-d'água se formasse por completo – o Sr. Crosby ordenou velocidade máxima à popa e conseguiu fazer o navio recuar vagarosamente.

O outro foi James Blair. Talvez devido à familiaridade com o terror, ele conseguira ter presença de espírito suficiente para desamarrar e lançar um colete salva-vidas na direção do casal que se afogava nas águas. Ele se mantivera parado junto à amurada, praticamente pendurado, e o vendaval ajudou a levar não apenas sua voz, mas também o aparato flutuante de cortiça. Foi assim que Vanaman ouviu seus gritos e, quase instantaneamente, viu-se aturdido por um projétil destinado a salvar sua vida, e não a destruí-la.

Felizmente, ao afundar, impotente, ainda segurando Leila com um dos braços, ele impulsionou sua companheira para cima, e, quando a lancha os alcançou, não apenas o colete salva-vidas, mas também uma mão desacordada, emaranhada em seus cordões, ainda se encontrava na superfície da torrente em disparada.

O perigo da tromba-d'água já havia passado. Embora tivesse se formado tão perigosamente perto, em sua forma completa o monstro ciclônico havia varrido a rota do Golfinho Vermelho, deixando o navio, a lancha e o nadador à mercê dos perigos comuns do vento e das ondas.

No entanto, algumas horas se passaram até que a tempestade e a tromba-d'água fossem meras lembranças, e o Nagaina já estava em seu caminho de volta para casa antes que Vanaman soubesse como ele ou qualquer um daqueles que partiram para capturar o Golfinho Vermelho sobreviveram à tentativa.

Ao recuperar a consciência pela primeira vez, sua única preocupação fora com sua mulher de cabelos enluarados. Encontrando-se vivo e confortavelmente deitado em uma das cabines do navio, ele se recusou a aceitar as garantias dadas pelo comissário de que a Srta. Robinson também estava segura a bordo e havia, de fato, recuperado a consciência muito antes dele. A única forma de acreditar que ela estava viva depois da terrível provação daquela manhã era vendo-a e ouvindo-a falar com seus próprios olhos e ouvidos.

Contra todos os protestos, ele se levantou, vestiu-se e, cambaleando e apoiando-se no ombro do comissário, saiu de sua cabine.

A meio caminho da cabine principal, encontrou o objeto de sua preocupação, que também havia se levantado, vestido e saído com uma missão incrivelmente semelhante à sua, como viria a descobrir mais tarde. O comissário era um homem discreto e compreensivo. Decidindo que o Dr. Vanaman não precisava mais de sua ajuda e apoio, ele retirou-se, fechando a porta atrás de si.

Leila não fez nenhum esforço para retirar suas mãozinhas frágeis das mãos fortes que as seguravam. Estava bastante pálida, com os olhos cinza-ardósia muito arregalados e escurecidos, mas, fora esses detalhes, ela parecia ser a mesma mulher calma e controlada de sempre. Até que tentou falar.

— Eles me contaram... o que fez — surgiu um sussurro trêmulo. — Tudo... tão típico da sua pessoa!

E, então, Vanaman percebeu que, apesar de toda a aparência de autonomia, a jovem, em pé, balançava o corpo por conta da fraqueza e das emoções arduamente reprimidas.

Com toda a naturalidade, os braços dele envolveram-na e praticamente a carregaram até a trave almofadada ali perto. Ele sentou-se ao lado dela, e, também muito naturalmente, a cabeça coroada pelo luar aproximou-se de seu ombro de alguma forma, e Leila, a mulher corajosa e contida, teve um ataque de choro que provavelmente salvou sua lucidez.

Ela tinha convivido muito intimamente com o medo. Sua fidelidade envolvera-a em uma aventura terrível demais. Depois de algum tempo, ela soluçou partes da história em frases fragmentadas, mas nem naquele momento nem depois Vanaman soube de todos os detalhes, nem desejava fazê-lo. Tal qual um sonho ruim, é melhor esquecer uma história como aquela a testemunhá-la em detalhes.

Da narrativa, no entanto, por mais fragmentária que estivesse, ele conseguiu deduzir que, desde o momento em que deixara o cais em Tremont, Leila ficara apavorada – tão apavorada que, embora tentasse responder para Vanaman, que chamava seu nome através da neblina, ela não foi capaz de emitir nenhum som mais alto do que um sussurro. Todo aquele pavor, porém, parecia ter sido puramente instintivo. Ela não chegara a racionalizar suas causas até que o barco abordou o Golfinho Vermelho.

— Eles nos colocaram a bordo daquele velho e terrível navio — ela soluçou. — Meu tio parecia entender melhor do que eu o que estava acontecendo. Ele me disse certa hora: "Ele nos pegou de um jeito que eu não esperava, Leila, mas mantenha-se firme". E eu tentei. Ah, como tentei!

— Sabia que faria isso — comentou o médico, com doçura. — Mas não vá se cansar contando qualquer outra coisa agora.

— Tenho que contar! O senhor deve saber de tudo e me ajudar a decidir o que fazer. Não estou ferida – apenas um pouco assustada –, mas o tio Jesse continua naquele navio terrível!

Vanaman teve um sobressalto, e um arrepio desagradável percorreu-lhe a coluna. Seu objetivo de perseguir avidamente o Golfinho Vermelho fora alcançado. Com Leila segura, ele de alguma forma tinha dado como certo que o estranho navio, a caixa verde e o velho falcão tirânico – que, pela primeira vez, fora longe demais – estavam todos acabados, ao menos no que dizia respeito aos dois, a jovem e ele.

As palavras dela tiveram o efeito de um choque de lucidez. Ela amava aquele velho cruel e egoísta ou, pelo menos, tinha uma lealdade afetiva por ele. Se seu tio Jesse ainda estivesse vivo, ou se houvesse qualquer chance de estar, Leila nunca descansaria até que seu resgate fosse realizado.

Então, claramente, a perseguição ao Golfinho Vermelho não havia terminado. A ideia estava longe de ser agradável, mas Vanaman esforçou-se, com extrema nobreza, para se aproximar do ideal dos Robinson de nunca desistir, em circunstância nenhuma.

— Conte-me tudo — disse ele, com severidade — e se houver alguma maneira, eu o trarei de volta para a senhorita.

A história prosseguiu, incompleta e difícil de acompanhar, mas convencendo o médico com mais firmeza a cada momento de que, se ele mantivesse sua palavra e tentasse retomar a perseguição ao Golfinho Vermelho, a aventura envolveria mais heroísmo do que ele jamais precisara para nenhum outro ato de sua vida.

Ela contou que havia sido escoltada até uma cabine sem luz – em um navio que, depois da partida do escaler, ficou nas trevas em toda a sua extensão. A tal cabine, como ela e o tio puderam verificar ao tateá-la, não possuía mobília, e as paredes, a porta e o chão transmitiam uma sensação estranha, úmida e macia.

— Tudo molhado e esponjoso — enfatizou Leila. — Eu odiava até mesmo pisar naquele chão. E tudo cheirava a algas envelhecidas.

Eles foram deixados naquele buraco negro durante um período incalculável. O navio balançava ligeiramente de vez em quando. Havia um rugido constante e abafado, como o de águas turbulentas divididas a uma velocidade incrível. Então esse ruído diminuiu, cessou, e o balanço mudou para um movimento longo e natural, como se o navio, depois de chegar ao mar aberto, tivesse parado ou, então, se movesse muito lentamente.

Logo em seguida, a porta da cabine se abriu e se fechou novamente. Eles sabiam que alguém havia entrado, embora o lugar estivesse escuro como breu e fosse impossível para eles adivinhar que tipo de ser tinha vindo visitá-los.

Quando o silencioso suspense se tornou insuportável, o velho Robinson lançou uma pergunta à escuridão.

Foi respondido por uma voz que Leila, a princípio, acreditou ser a do homem alto que se autodenominara capitão. Mais tarde, passou a não ter tanta certeza. Algumas vezes, afirmou ela, parecia ser uma voz de homem que falava de forma clara e ressonante; e, então, novamente, transformava-se em sons que não poderiam ser humanos.

— Murmúrios — disse ela — e ruídos longos, líquidos e rítmicos, como ondas varrendo praias planas. Começavam muito baixos, ficavam mais altos, diminuíam novamente e, então, fundiam-se de volta à voz que estava falando. E, durante todo o tempo, sabíamos que o que pronunciava palavras e o que causava aqueles ruídos fluidos se tratava de uma... uma... pessoa. Era tudo terrível demais, em meio àquelas trevas. Não consigo me lembrar de tudo o que a... pessoa nos contou. No começo, havia muita coisa que eu não era capaz de entender. As palavras eram todas claras, faladas no nosso idioma, mas o significado parecia passar pela nossa mente e praticamente não deixar rastros. Acredito ter sido algo sobre um mundo em que não havia terra, mas apenas o oceano verde fluindo... de um polo ao outro. E de como a terra nascera do mar, e a vida viera do mar... lembro-me de uma frase: "Porque sou mais velho do que a vida... porque toda a vida que existe foi criada dentro de mim... eu, em meu próprio ser, também estou vivo".

— Meu tio e eu ficamos encostados na parede oposta, ouvindo. Num dado momento, tentei pegar sua mão. Mas ambas as mãos dele apertavam com força a bolsa que continha a caixa verde. Ele sussurrou: "Fique firme, garota. Fique perto de mim e mantenha-se firme!".

A voz continuou, tornando-se mais compreensível e contando sobre terras que surgiram, foram moldadas pelo fogo e pela água e, novamente, levadas pelo mar:

— Até que uma grande terra se ergueu do abismo, os homens nela nasceram e me reconheceram como seu pai, adorando-me com obediência e sacrifício. A terra foi dividida pelo mar em dez grandes ilhas, cada uma delas um reino, e seus dez reis se autodenominavam filhos do mar e eram como deuses para seus companheiros. Assim se passaram muitas eras. Outras terras surgiram, e outras raças nasceram, mas eles, meus primeiros filhos, ainda governavam tudo. Eles obtiveram muita sabedoria de mim, construíram palácios de pedra escarlate e de um metal vermelho chamado oricalco, que não existia em nenhum outro lugar além dos dez reinos. Então, a sabedoria se espalhou, enriquecendo o mundo. Eles adquiriram a habilidade das letras, da construção de navios e da guerra. Mas, sobretudo, eles possuíam o conhecimento que subjugava e escravizava todas as outras raças do mundo. Não apenas as raças dos homens, mas também as raças de seres espirituais elementais que existiam no caos antes que a vida tomasse sua forma carnal. Os poderes do ar eram seus servos, e também as vastas forças demoníacas que habitam o coração ardente da terra. E tudo isso eles obtiveram de mim, porque eram meus filhos e eu os amava. Os mais grandiosos segredos foram inscritos em tábuas de oricolco escarlate e guardados em um receptáculo sagrado – que também receberam de mim, como símbolo de meu amor. O fogo não poderia prejudicá-lo, nem ele poderia de forma alguma ser destruído. E foi assim que o conhecimento secreto foi mantido pelos dez reis, descendentes de meus primeiros filhos, os únicos que tinham acesso a ele. Até que, sorvendo em demasia o poder, o conforto e a riqueza, eles se tornaram bêbados e presunçosos. Não se contentavam mais em se autodenominar apenas filhos de um deus, eles se esqueceram de sua mortalidade carnal e acreditaram ser realmente deuses. Eles renegaram sua dívida de amor. Voltaram-se contra mim e teriam me escravizado com as mesmas palavras secretas de poder que eu lhes havia ensinado. Foi então que eu soube que tinha feito algo errado, pois os homens são pequenos e tolos, indignos de um poder tão grande, inaptos a exercê-lo. Em minha raiva, sacudi a terra. Ela se abriu sob suas cidades. Os fogos eternos viram-se perturbados e irromperam das montanhas. O maior dos reis daquela época chamava-se Azaes. Sob sua guarda estavam as poderosas palavras escritas que ele e seus irmãos teriam usado para me subjugar. Ao perceber o mal que a presunção trouxera aos reinos, ele ofereceu expiação e adoração. Mas eu estava com raiva. O arrependimento e o sacrifício eram fúteis. Ele, então, amaldiçoou meu nome e rejeitou o dom que eu tinha de revelar segredos elevados. Mas estava tudo bem. Homens são pequenos e de carne mortal. Eles não estão preparados para exercer o poder dos deuses. Os dez reinos deixaram de existir. Meus cavalos brancos correram até onde a altura de suas montanhas havia se elevado. Eu estava cansado dos homens e fui dormir. Até que, em um sonho, ocorreu-me que o objeto sagrado desprezado por Azaes estava novamente nas mãos de um mortal. Devolvam-me a caixa agora mesmo, para que eu possa descansar e mais uma vez esquecer sua raça e suas ingratidões.

Nesse instante, a voz diminuiu mais uma vez, tornando-se uma onda de murmúrios, até se silenciar por completo. Durante um bom tempo não se ouviu nenhum som na cabine além da respiração dos dois seres humanos ali presos e as batidas de seus corações. Por fim, a voz falou novamente.

— Você se protegeu contra mim com um escudo forte – a devoção de duas almas maiores e mais puras do que a sua. Apenas uma delas está ao seu lado agora, e apenas essa pode não ser suficiente. Mas os nobres não serão sacrificados com os ignóbeis. Logo você ficará sozinho comigo, e, então, será sua determinação contra a minha!

As portas se abriram e se fecharam, e os dois humanos ficaram mais uma vez a sós.

— E o tio Jesse não falou nada, apenas reafirmou que eu deveria ajudá-lo, mantendo-me firme, e que ele já tinha quase certeza de que aquele ser não poderia pegar a caixa nem cometer nenhuma violência contra nós, a menos que enfraquecêssemos. Mas ele estava errado — soluçou Leila. — Depois de um tempo, o homem alto – o capitão – veio e abriu a porta. Era dia lá fora. Eu conseguia vê-lo muito bem. Sabia que não era ele quem tinha vindo falar conosco no escuro, mas ele parecia tão estranho... como... como um homem morto.

— Chega! — implorou Vanaman.

— Preciso terminar! Ele não tocou no meu tio, mas me tomou em seus braços e me arrastou. Tio Jesse ficou ali parado, xingando, sem nunca largar aquela coisa. Fui carregada por um lance de escadas até uma espécie de convés alto. Em todos os lugares, o madeirame do navio parecia como na cabine. Era viscoso, preto – com uma aparência macilenta. Quando me soltei por um minuto, meus pés afundaram no convés, como se ele estivesse apodrecido pelo tempo. Olhei para baixo, para o navio. Havia uma espécie de plataforma estreita no centro. A cada lado, viam-se três fileiras de assentos, uma acima da outra. As hastes dos remos atravessavam-nas, e havia um homem em cada remo. Chamo-os de homens... eles pareciam estar vivos... mas seus rostos... nunca vi um corpo afogado, mas ouvi dizer que quando alguém fica na água por alguns dias, sua face...

— Esqueça essa parte! — insistiu Vanaman, quase com violência. — Não deve ficar pensando nessas lembranças. Tente pensar nelas como um pesadelo e esqueça-as.

— Vou tentar — ela assentiu. — Naquele momento, eu não estava com tanto medo do navio nem da tripulação, mas sim de ser levada para longe do tio Jesse. Eu sabia que ele precisava de mim e, na luta, fiquei agitada demais para ter medo. Vi o navio a vapor parado ao longe e gritei, pensando que poderiam nos enviar ajuda. Lutei muito para voltar para meu tio, mas o capitão me pegou e... e me jogou no mar, imagino. Depois que ele me ergueu no convés, não me lembro de mais nada até acordar nesta cabine que havia sido preparada para o pobre tio Jesse a bordo. E agora, o que vamos fazer?

— Salvar o seu tio, se é que ele pode ser salvo. Por algum motivo, parei de tentar achar explicação para esse caso. Mas, se alcançamos o Golfinho Vermelho uma vez, provavelmente poderemos fazê-lo de novo, e, se a senhorita teve coragem suficiente para lutar contra ser arremessada daquele navio, acho que tenho coragem o bastante para embarcar nele. Vou encontrar Porter agora e apresentar-lhe a situação.

— O senhor é... bom!

Ambos se levantaram e ficaram frente a frente. Por alguma razão, os milhões de Robinson pareciam muito pequenos, distantes e sem importância naquele momento. Olhando para aquele rosto adorável e arrebatado, Vanaman chegou quase a ponto de se esquecer daquela fortuna e explicar à sua provável herdeira o motivo exato por que arriscaria sua vida, ou sua alma, ou qualquer outra ninharia em sua posse para resgatar um homem que ele desprezava de um destino provocado por ele mesmo.

Com grande esforço, ele superou tal impulso e virou-se, pronunciando apenas algumas palavras, aconselhando-a a ir se deitar e descansar enquanto ele conversava com o capitão.

Porter pareceu bastante surpreso ao vê-lo de pé tão rápido, mas também ficou feliz com a oportunidade de conversar sobre os acontecimentos recentes com um homem que pelo menos sabia mais sobre suas causas do que ele.

Ambos se encaminharam à conveniente privacidade da sala de mapas, e, ali, o médico expôs com extrema franqueza todos os fatos relativos à caixa verde que ainda não eram conhecidos de Porter.

— A única coisa a ser feita — concluiu ele — é tentar rastrear o Golfinho Vermelho como havíamos feito antes... por rádio.

O rosto castigado pelo tempo de Porter permaneceu gravemente inescrutável ao longo da narrativa. Agora, algum lampejo de emoção passara por ele. — Espere aqui um minuto.

Ele parou do lado de fora e voltou logo depois, carregando algo que jogou sobre a mesa. Enxugou então as mãos, como se tivesse tateado algo desagradável.

— Por conta disso — disse ele, lentamente — acredito que não valerá mais a pena tentar rastrear o Golfinho Vermelho.

A coisa que ele lançara na mesa era um fragmento de madeira – ou de algo que fora madeira no passado. Havia algumas indicações podres de algo entalhado nele. Macio como uma esponja, viscoso e encharcado de água, poderia ter sido arrancado de algum naufrágio antigo, perdido durante séculos na lama negra do fundo do mar.

— Não me pergunte como uma madeira nessas condições seria capaz de flutuar — continuou Porter. — Tudo o que sei é que é parte da haste do Golfinho Vermelho, e havia muitos outros pedaços como este flutuando quando a tempestade passou. Peguei este aqui só para ter certeza do que era e guardei-o para lhe mostrar. Agora que já o fiz, vou lançá-lo ao mar. Acredite-me, doutor, já estou farto do Golfinho Vermelho, inteiro ou em pedaços. Quanto ao meu fretador e sua preciosa caixa verde, tenho a dizer o seguinte: se a história que você me contou é verdadeira – e eu acredito nela –, admiro a coragem do Sr.

Robinson, mas não posso admirar seu julgamento. Ele se opôs a um poder apenas um degrau abaixo daquele do Todo-Poderoso. O quê? Ah, sim, eu sou capaz de acreditar que o grandalhão lá fora — ele indicou o mar com a mão, em um gesto amplo e significativo — tem vida e vontade próprias. Se o senhor tivesse passado a maior parte de sua vida na companhia dele, como Blair e eu, o senhor não demoraria tanto para acreditar nisso, doutor. Venha para o convés. Prefiro manter um corpo afogado a bordo a este pedaço de seu navio.

Com cuidado, ele ergueu novamente o fragmento apodrecido, e o médico seguiu-o em silêncio até a popa. Lançado para longe do barco, o fragmento perdeu-se instantaneamente no rastro fervilhante.

— Admiro a coragem de Robinson! — repetiu Porter, solenemente.

Na popa do navio, a trilha de espuma estendia-se rumo ao leste, através de um campo de verde translúcido, onde um sol claro atingia as cristas de ondas subsequentes, refletindo-as em um brancor deslumbrante.

— Pelo menos — disse o médico, abruptamente — não somos adoradores pagãos, a ponto de sacrificar cavalos brancos a Poseidon. Se os segredos da Atlântida perdida estivessem guardados naquela caixa…

— Foi a vontade de Deus que eles retornassem ao abismo — finalizou Porter.

O médico não respondeu. Sua mente desviou-se do cansativo mistério que o mantivera atormentado por uma semana para ponderar como aquelas incisivas notícias a respeito de seu tio afetariam Leila – e também ele mesmo. O velho falcão estava morto agora, e, muito provavelmente, sua sobrinha se tornara uma mulher muito rica.

Caçador de heranças! Afinal, não seria uma espécie de covardia colocar o medo das fúteis opiniões do mundo acima da mais sagrada e bela felicidade que um homem pode alcançar?

De repente, ele esmurrou o corrimão com toda a força.

— "O que eu quero eu consigo, e o que eu consigo eu mantenho!"

— O quê? — exclamou Porter, assustado.

O médico virou-se para ele, os olhos castanhos muito brilhantes e resolutos.

— Esse era o lema do velho Robinson — explicou. — Foi isso que o levou longe demais, até o túmulo. Mas acredite em mim, capitão Porter, aplicado da maneira correta, é um lema que vale a pena seguir! Vou tomá-lo como legado de um homem que certamente ficou me devendo algo. Vou descer. Até mais.

Homem correto, de boa aparência, resoluto e bom, ele dirigiu-se para a escada principal. Como o terrível ser que recuperara a caixa verde, ele pretendia reivindicar o que era seu.

Impressão e Acabamento
Gráfica Oceano